文庫書下ろし／長編時代小説

小袖の陰

御広敷用人 大奥記録㈢

上田秀人

光 文 社

この作品は光文社文庫のために書下ろされました。

目次

御広敷略図

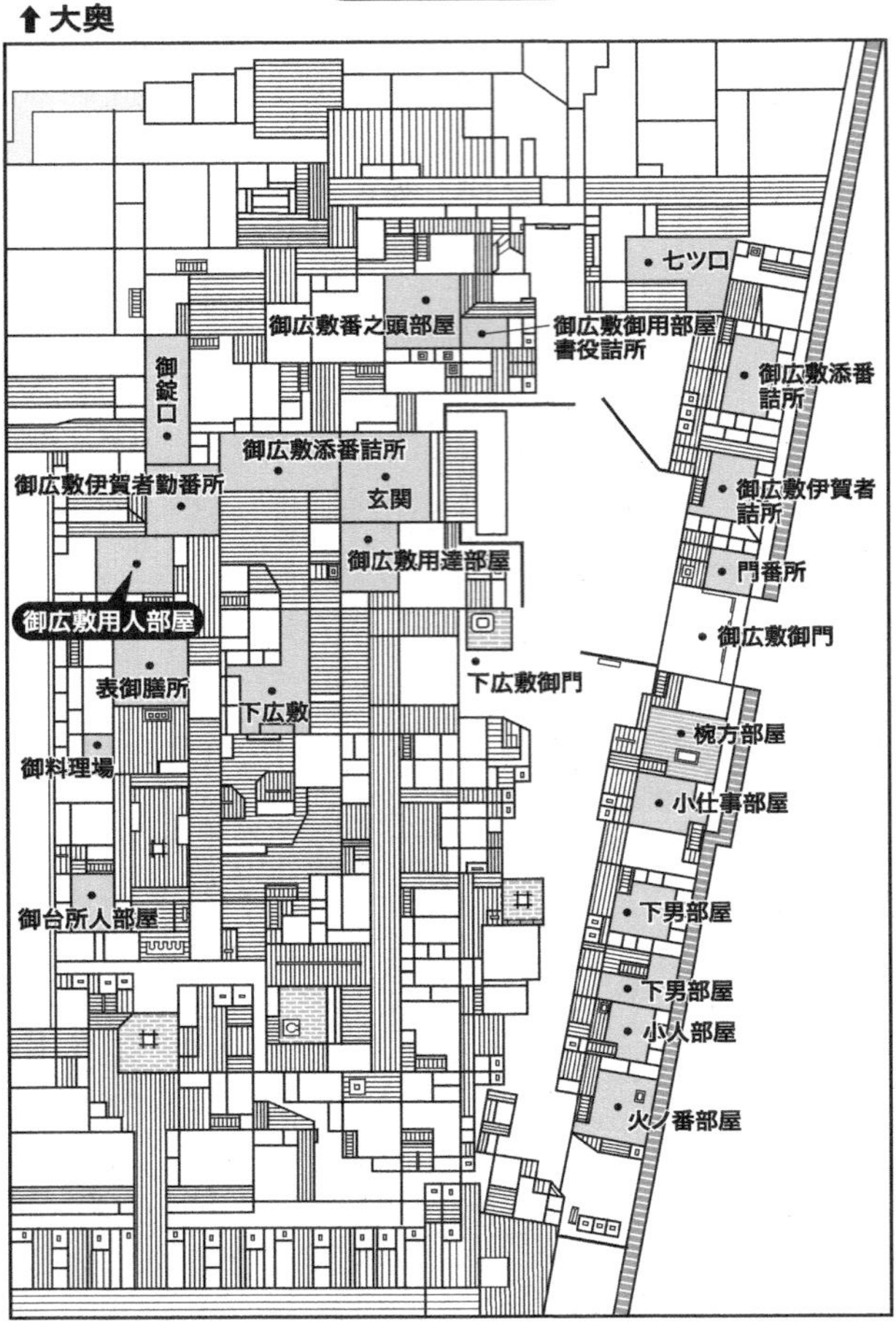

↑大奥
セツロ
御広敷番之頭部屋
御広敷御用部屋
書役詰所
御広敷添番
詰所
御錠口
御広敷添番詰所
玄関
御広敷伊賀者勤番所
御広敷伊賀者
詰所
御広敷用達部屋
門番所
御広敷用人部屋
御広敷御門
下広敷御門
表御膳所
下広敷
椀方部屋
御料理場
小仕事部屋
御台所人部屋
下男部屋
下男部屋
小人部屋
火ノ番部屋

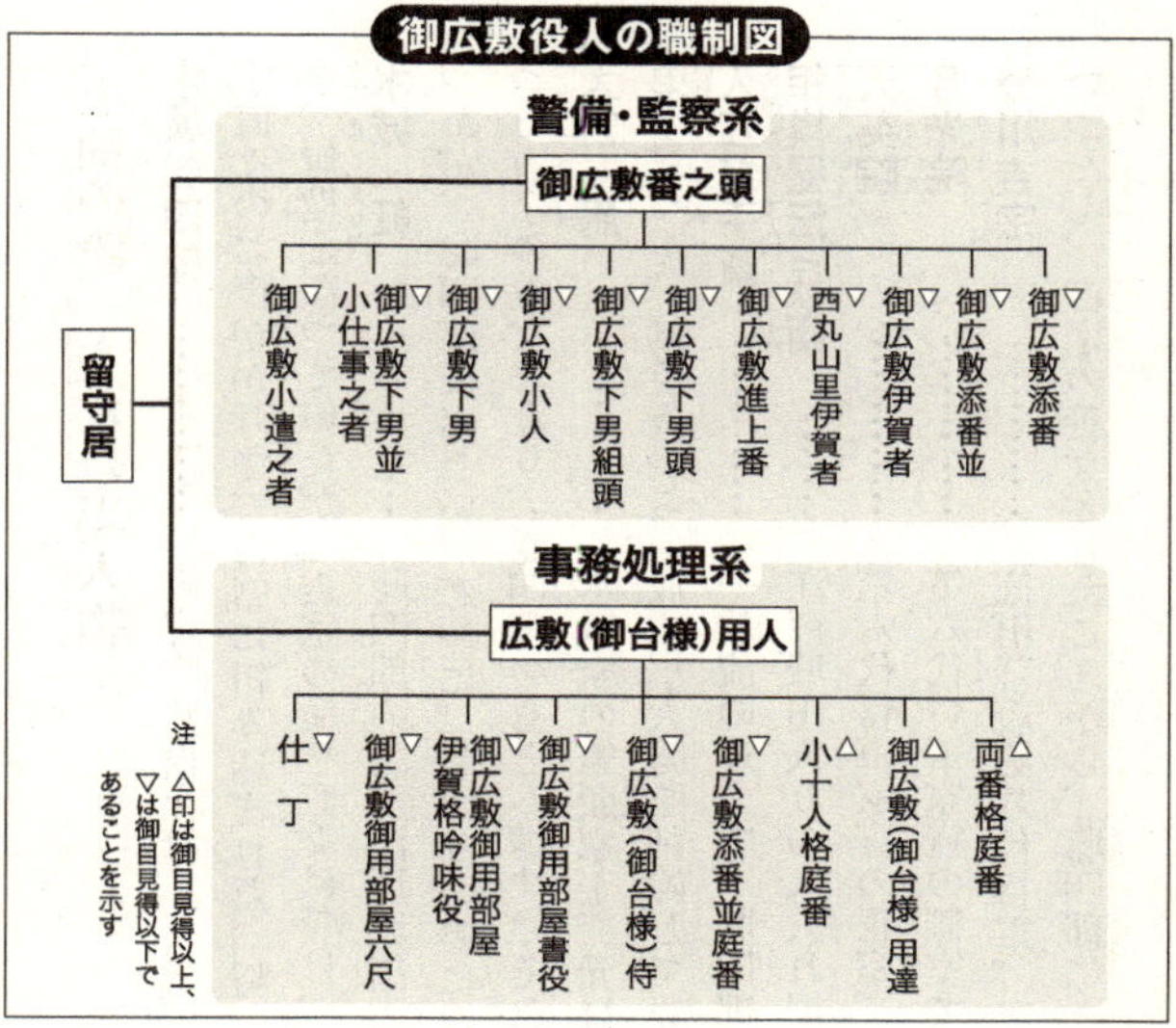
御広敷役人の職制図
留守居
警備・監察系
御広敷番之頭
御広敷添番▽
御広敷添番並▽
御広敷伊賀者▽
西丸山里伊賀者▽
御広敷進上番▽
御広敷下男頭▽
御広敷下男組頭▽
御広敷小人▽
御広敷下男▽
御広敷下男並▽
小仕事之者
御広敷小遣之者▽
事務処理系
広敷(御台様)用人
両番格庭番△
御広敷(御台様)用達△
小十人格庭番△
御広敷添番並庭番▽
御広敷(御台様)侍▽
御広敷御用部屋書役▽
御広敷御用部屋▽
伊賀格吟味役
御広敷御用部屋六尺▽
仕丁▽
注 △印は御目見得以上、▽は御目見得以下であることを示す

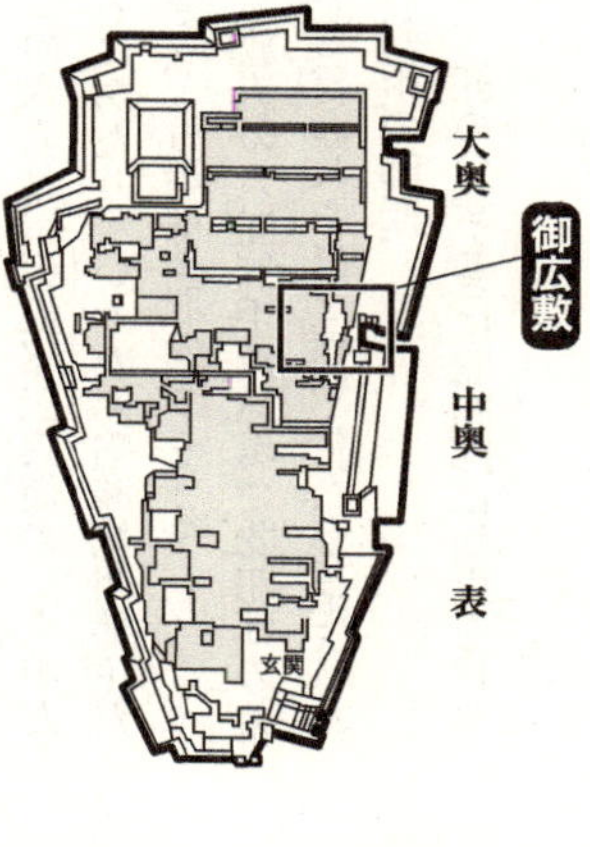
大奥
御広敷
中奥
表
玄関

小袖の陰　主な登場人物

水城聡四郎《みずきそうしろう》…………勘定吟味役を辞した後、在任中の精勤を称されて、八代将軍吉宗直々のお声がかりで寄合席に組み込まれた。将軍の代替わりを機に、聡四郎は役目を退き、無役となっていたが、吉宗の命を直々に受け、将軍付きの御広敷用人となる。

水城　紅《みずきあかね》…………聡四郎の妻。江戸城出入りの人入れ屋相模屋伝兵衛の一人娘だったが、聡四郎に出会い、恋仲に。聡四郎の妻になるにあたり、いったん当時紀州藩主だった吉宗の養女となり、聡四郎のもとへ嫁す。それゆえ、吉宗は義理の父となる。

大宮玄馬《おおみやげんば》…………水城家の筆頭家士。元は一放流の入江無手斎道場で聡四郎の弟弟子だった。無手斎から一放流小太刀を創始していいと言われたほど疾い小太刀を遣う。

入江無手斎《いりえむてさい》…………一放流の達人で、聡四郎の剣術の師匠。

相模屋伝兵衛《さがみやでんひょうえ》…………江戸城出入りの人入れ屋で、紅の父。ときに聡四郎に知恵を貸す。

天英院《てんえいいん》…………第六代将軍家宣の正室。

月光院《げっこういん》…………第六代将軍家宣の側室で、第七代将軍家継の生母。

徳川吉宗《とくがわよしむね》…………徳川幕府第八代将軍。聡四郎が紅を妻に迎えるに際して、紅をいったん、吉宗の養女としたことから、聡四郎にとっても義理の父にあたる。

御広敷用人　大奥記録（三）

小袖の陰

第一章　大奥の男

一

男子禁制と言われているが、そのじつ大奥《おおおく》に出入りできる男は将軍一人ではなかった。

将軍家御台所《みだいどころ》や側室たちを診《み》る奥医師《おくいし》、大奥女中を担当する御広敷《おひろしき》医師、毎朝御台所の風呂水を運ぶ黒鍬者《くろくわもの》、そして五菜《ごさい》らもなかへ入ることができた。

五菜は大奥女中の下働きをする男のことだ。幕府の役人ではなく、大奥女中一人一人が給金を払い雇う。だからといって、制限はあり、大奥全体で五菜の数は決められていた。

「株を買いたいというのは、おまえさんかい」

五菜を束ねている肝煎《きもい》りの権蔵《ごんぞう》が、招かれた料理茶屋の座敷で問うた。

「はい。と申しましても、五菜になりたいのは別の者でございまして」

権蔵の前に座っている壮年《そうねん》の商人が、ほほえみを浮かべた。

「ああ、まだ名前を申しておりませんでした。小伝馬町《こでんまちよう》で絹物を商っております、菱屋四郎兵衛《ひしやしろべえ》でございまする。どうぞ、お見知りおきを」

「菱屋さんかい。名前は聞いているよ。いいものを扱っているそうだな」

「畏《おそ》れいりまする」

褒《ほ》められた菱屋四郎兵衛が、一礼した。

「で、五菜になりたいというのは」

「わたくしどもの遠縁にあたるものでございまして」

問われた菱屋四郎兵衛が言った。

「本人は、いないのかい」

「はい。本日は下話《したばなし》をさせていただければと思いまして、連れて参っておりませぬ。お話が調《ととの》いましたら、あらためてご挨拶《あいさつ》をさせまする」

にこやかに菱屋四郎兵衛が述べた。

「呼び出しておいて、本人はいないないか」

権蔵が少し不満げな顔をした。

「ま、まあ。どうぞ、本日のところは、ご勘弁を。おい」

挨拶をすませた菱屋四郎兵衛が手をたたいた。

「はい」

襖《ふすま》が開いて、女中が二人入ってきた。

「どうぞ」

女中が膳を据えた。

「ほう。この時期に鰹《かつお》かい」

「はい。珍しく網にかかったとかで。今朝方、日本橋《にほんばし》から届きました」

驚いた権蔵へ、女中が説明した。

「皮目《かわめ》をあぶって、出汁《だし》で割った酒に漬けておりまする。お好みで、醬油をお使いくださいまし」

「うまそうだな」

権蔵が箸を持った。

「その前に、お酒を。灘《なだ》の下《くだ》りものでございまする」

女中が片口を持ちあげてみせた。

「灘かい。そいつはけっこうなことだ」

うれしそうに権蔵が盃《さかずき》を手にした。

「菱屋さまも」

もう一人の女中が、勧めた。

「いただこう」

菱屋四郎兵衛も盃を持った。

「どうぞ」

合わせたように二人の女中が酒を注《つ》いだ。

「遠慮なくいただくよ」

「ご存分に」

権蔵と菱屋四郎兵衛が顔を見合わせた。

「……しみるねえ」

盃を一口で空《あ》けた権蔵が舌鼓《したつづみ》を打った。

「鰹もどうぞ」

「ああ」

権蔵が鰹を口にした。

「こいつもいいね」

「お気に召しましたか」

女中があたらしい酒を盃へ満たした。

「……手配はできているのだろうね」

菱屋四郎兵衛が、己《おのれ》についている女中へ小声で確認した。

「はい。離れに」

女中が耳元で答えた。

「けっこうだ」

満足そうに菱屋四郎兵衛が酒を含んだ。

しばらく食事が続いた。

「さて、これ以上飲むと酔いそうだ。その前に話をすませておこうじゃないか」

盃を権蔵が置いた。

「さようでございますな。では、少し席をはずしておくれ」

提案にうなずいた菱屋四郎兵衛が、人払いを命じた。

「では、前置きは抜きでいかせていただきまする」

「そっちがありがたい」

権蔵が首肯《しゅこう》した。

「おいくらで株はお譲りいただけますので」

菱屋四郎兵衛が訊《き》いた。

「三十両」

一言で権蔵が告げた。

「……それはお高い」

大きく菱屋四郎兵衛が驚いてみせた。

「三十両あれば、御家人《ごけにん》の株が買えまする」

「貧乏御家人の株なんぞ、なんの意味がある」

権蔵が鼻先で笑った。

株とは、家を継《つ》ぐ権利のようなものであった。さすがにお目見《めみ》えのできる旗本《はたもと》の株というのはないが、御家人のものは珍しくなかった。

株は、五代将軍綱吉《つなよし》のころから売り買いされはじめていた。

もちろん、身分制度の根幹を揺るがす問題である。幕府は株の売り買いを禁じ、見つけた場合は厳罰に処してきた。

売り買いをした当事者はともに死罪、家は取りつぶす。

だが、なくならなかった。いや、表立たなくなり、闇へ沈んで益々増えた。その背景には、武家の窮迫《きゆうはく》があった。

戦《いくさ》がなくなったことで、武家は手柄《てがら》を立て俸禄《ほうろく》を増やすという出世の道を失った。対して泰平に慣れた人々の生活は豊かになり、物価も上がった。

収入は変わらないのに、支出は増えていく。武家の内情はどこも苦しい。なにせ、将軍家からして倹約しなければならないのだ。末端の御家人など、借財で首が回らなくて当然である。

売るものはない。増収の手立ても見当たらない。幕府から支給される禄米《ろくまい》は、数年先まで借金の形《かた》に押さえられている。

貧乏御家人は明日の米さえままならぬうえ、いつまでも抜け出せない状況に陥《おちい》っていた。もう残るは夜逃げか自裁《じさい》かと追い詰められたとき、御家人たちは最後に売るものが残っていることに気づいた。

身分である。

士農工商という身分を幕府は制定していた。そしてこの身分は生まれたときから決まっていて、決してかわらない。

百姓の次男が職人や商人になることはある。だが、これでも身分は固定されているのだ。

士を除いた残りの三つは、すべて農民であった。土地を持っている自作農だけが農であり、残りは日本橋の大店《おおだな》の主《あるじ》であろうが、名人と言われる細工《さいく》職人であろうが、皆水飲み百姓あつかいなのである。米作りこそすべての経済の根本とする幕府は、庶民すべてを農に含めた。だからこそ、農の下に工商を置き、水飲み百姓に含めた。

これは、士だけを特別扱いするためのものであった。士は四民の上にある。幕府が政《まつりごと》をおこなうための権威づけなのだ。

ゆえに農工商から士へ身分替えをすることを幕府は許さなかった。

どれほど金を持っていても、大名《だいみょう》に何万両という金を貸していても、侍の前では、農工商は頭を下げなければならない。

経済活動によって、天下の実権を握った商人たちにとって、これほど理不尽なことはなかった。

金を貸している相手の前に両手をつかなければならないのだ。そこで、商人たちは、なんとかして身分上がりをしようと画策《かくさく》した。

最後の売るものを金にしたい武家、金を積んででも武士という身分が欲しい商人たち。こうして株の売り買いが発生した。

それを幕府が取り締まった。株の売り買いは御法度《ごはっと》となった。株を売ってでも金の欲しい御家人、なんとしても武士になりたい庶民たちは困った。

困ったときには知恵が湧《わ》く。

身分を金にするから罪になる。ならば、株の売り買いという形を止《や》め、養子縁組とすればいい。

身分を売りたい御家人の養子に買いたい商人がなり、代金を持参金という形にした。こうすれば、株の売り買いにはならない。

五菜の株も同じであった。

「失礼ながら、五菜の給金は年に二両二分一人扶持《ぶち》と聞いておりまするが」

菱屋四郎兵衛が窺《うかが》うような目をした。

「ふん」

鼻先で権蔵が笑った。

「とぼけるなら、この話はなかったことにしてもらおう。ごちそうさまだったな」

権蔵が立ちあがった。

「お待ちを」

あわてて菱屋四郎兵衛が止めた。

「失礼をいたしました」

「…………」

詫《わ》びる菱屋四郎兵衛を見て、権蔵が座りなおした。

「五菜の余得《よとく》を知らぬわけではございません」

菱屋四郎兵衛が告げた。

五菜は外へ出ることのかなわない奥女中たちに代わって、買いものをしたり、実家への使いをする。五菜を雇えるのは奥女中でも相応の身分である。旗本の娘、あるいは豪商や豪農の娘がほとんどであった。

当然、世間知らずである。ものの値段など知らないに等しい。となれば、五菜の言うままに金を払うことになる。お釣りなど求めもしないのだ。一度買いものに出れば、一朱《しゅ》や二朱の儲《もう》けになった。また、実家へ使いにたてば、そちらが気を遣《つか》って駄賃《だちん》をくれる。小金《こがね》はいくらでも稼げた。

他にも、大奥女中お好みという評判が欲しい小間物《こまもの》屋や菓子屋のなかには、五菜へ幾ばくかの金を渡して、己の店で買いものをしてくれるように頼むこともある。

表だっての収入は些少であるが、そのじつは数倍以上、いや十倍からあった。

「二十両では」

値段の交渉に菱屋四郎兵衛が入った。

「三十両びた一文《もん》まけられない」

権蔵が首を振った。

「では、二十二両では。これでまとめていただければ、肝煎りさまに御礼として三両差しあげますが」

「二十四両だせ。俺の取り分は、そのままでだ」

「……よろしゅうございまする」

交渉が終わった。

「では、明後日、もう一度ここで」

「わかった。そのとき、売るやろうを連れてくる。そちらも」

「承知いたしました」

菱屋四郎兵衛が同意した。

別室に用意された女を抱いている権蔵と別れた菱屋四郎兵衛は、料理茶屋の用意した駕籠《かご》を途中で乗り換え、目白台《めじろだい》の館林松平《たてばやしまつだいら》家中屋敷へと入った。

「夜分遅くに申しわけございませぬ」

「いや、いい。こちらが頼んだことだ」

江戸家老山城帯刀《やまきたてわき》が手を振った。

他人目《ひとめ》の多い上屋敷より目立たない中屋敷のほうが、密談は便利であった。

「うまくいったか」

「はい。値段にこだわってみせましたので、こちらの正体にはまったく気づいておりませぬ」

菱屋四郎兵衛が言った。

「ご苦労であった。で、今後の予定はどうなっておる」

山城帯刀がねぎらった。

「明後日、顔見せと決まりましてございまする。その場で金を払いますれば、五菜の株一つ、こちらのものとなりまする」

「ふむ。よかろう。おい」

うなずいた山城帯刀が手を叩《たた》いた。

「お呼びでございまするか」

待つほどもなく、襖が開いて若い藩士が顔を出した。

「野尻《のじり》をこれへ。玄関脇の控えにおるはずじゃ」

「よろしいのでございまするか。野尻の身分では……」

山城帯刀の言葉に若い藩士が確認を求めた。

「儂《わし》が呼んでもか」

低い声を出し、山城帯刀が若い藩士を睨《にら》んだ。

「失礼をいたしました」

そそくさと若い藩士が駆けていった。

「遣えぬ連中ばかりじゃ」

吐き捨てるように山城帯刀が言った。

「ご心労《しんろう》でございますなあ」

菱屋四郎兵衛が同情した。

「この時世《じせい》に大いなる出世の道が開けておるというに、殿をはじめ、誰も手にしようとは考えておらぬ。うまくいけば直参《じきさん》になれるどころか、大名も夢ではないというに」

山城帯刀が嘆息《たんそく》した。

「お殿さまもお欲がございませんな。将軍になれるやも知れませぬのに」

「まったくよな。前例はあるのだがな」

あきれた顔を山城帯刀がした。

前例とは四代将軍家綱《いえつな》から五代将軍綱吉への継承のことだ。跡継ぎなくして死んだ家綱の次に将軍となったのは、その弟であった館林徳川《とくがわ》綱吉であった。ここに直系の男子なき場合、兄の後は弟が継ぐとの前例ができた。続いて五代将軍綱吉の死後、甥《おい》である綱豊《つなとよ》、後の六代将軍家宣《いえのぶ》が継いだ。これも前例なのだ。

この前例二つには大きな意味があった。

将軍家に人なきとき、世継ぎを出すべし。そう家康《いえやす》に規定された御三家《ごさんけ》ではなく、先代将軍に血の近い者が跡を継いだのだ。

今回もそうなるべきであった。七代将軍家継《いえつぐ》は五歳で就任し、八歳で死んだ。八歳の子供に直系の子孫があるはずもなく、弟もいなかった。となれば、叔父《おじ》から甥への継承があったことと、血筋《ちすじ》の近い者が選ばれることの両方から、六代将軍家宣の弟清武《きよたけ》が、八代将軍になるはずであった。

それが、ただ一つの瑕《きず》がじゃまをした。

清武は、生母の身分が低かったため、家宣の父綱重《つなしげ》から認められず、家臣の越智《おち》家へ養子に出されていた。これが他姓を継ぎし者は徳川の名跡《めいせき》を襲えずという家康の考えに反していると文句が付いた。

「無念であった」

唇を山城帯刀が嚙《か》んだ。

山城帯刀は、もと甲府《こうふ》藩士であった。山城家は甲府徳川家でも名の知れた名門であった。それが災いした。不幸な身の上の弟清武にやっと人がましい石高《こくだか》をやれる。それを喜んだ家宣が、優秀な家臣を藩政の助けにと派遣した。そのなかに帯刀もいた。

家宣が将軍となる二年前の宝永《ほうえい》四（一七〇七）年、ようやく徳川所縁《ゆかり》の者として、館林に二万四千石を与えられた清武の家臣としてつけられた。帯刀は、ただちに館林家で家老となり、存分にその腕を振るったが、宝永六年、家宣が将軍となったときの恩恵からは外された。

家宣が将軍となったとき、甲府徳川家の家臣は全員幕臣《ばくしん》へと移籍し、陪臣《ばいしん》から直《じき》臣《しん》へとあがったのに、清武につけられた者たちは、そのまま据え置かれたのだ。

家宣も気にしていたのか、その遺言で館林藩に加増の指示があり、その石高は当初の倍をこえて五万四千石になった。帯刀らもその余禄にありつき、禄を大きく増やしたが不満は残った。

家宣について幕臣となった元甲府藩士が一部を除いて加増されなかったにもかかわらず、旗本としての体面を調えるために散財したことを思えば、単に禄が増えただけましだともいえる。

しかし、武士にとって直臣と陪臣の差は大きい。かつて甲府徳川家で同僚だった者たちとも、同席するのを遠慮しなければならないのだ。それが親しい友人であったとしても、言葉遣いから変えなければならなかった。

「儂には夢がある。老中《ろうじゅう》になるという夢がな。あの能《のう》役者でしかない間部詮房《まなべあきふさ》が、老中たちと並んで、政《まつりごと》をおこなえた。儂ならば、もっとよい政ができる」

かつての同僚を例に出した帯刀が、強い自信を口にした。

「ためには、殿に将軍となってもらわねば困る。殿ならば、吉宗《よしむね》のようなまねはなさるまい。館林藩士は全員幕臣へと繰り入れ、家老たちは少なくとも側用人《そばようにん》としてくださろう。そこから先は、己の力だ」

将軍となった吉宗は、紀州《きしゅう》藩士全員の望みを無視して、ごく少数の近臣だけしか江戸へ連れてこなかった。残された藩士たちの悲哀は、今でも噂《うわさ》になるほど強かったという。

「将軍さまには困りまする」

倹約を言い立て、多くの大奥女中を放逐《ほうちく》したり、その給金を下げた吉宗の影響は、小間物屋や呉服屋に大きな打撃を与えていた。

「お女中は着飾れていくらだといいますのに」

菱屋四郎兵衛も不満を述べた。

「大奥もお困りだそうだ。天英院《てんえいいん》さまからお話を伺った。大奥も一枚岩ではないが……」

「月光院《げっこういん》さまでございますな」

大奥出入りもしている菱屋四郎兵衛である、女中たちのこともよく知っていた。

「うむ。殿が乗り気でない。大奥もまとまっておらぬ。これでは、勝負にでられぬでな」

難《むずか》しい顔を帯刀がした。

「天英院さまのもとに大奥を一つにし、上様《うえさま》と対抗せねばならぬ。だが、一人天英院さまのお力だけでは難しい。しかし、殿は天英院さまの願いを聞こうとなさらぬ。殿がその気になられねば、表だって藩としてはなにもできぬ」

清武は、藩士の子供として普通に育ったためか、将軍位に固執《こしつ》していなかった。また年齢も五十歳をこえていたうえ、跡継ぎの子供に先立たれたこともあり、欲もなかった。

「ご家老さま」

襖の外から声がした。

「開けよ」

帯刀が許した。

「野尻を連れて参りました」

「入れ」

「ごめんを」

壮年の藩士が座敷に入り、敷居すぐ側で平伏《へいふく》した。

「野尻力太郎《りきたろう》めにございまする」

「顔をあげよ」

畳に額《ひたい》をこすりつけている野尻へ、帯刀が告げた。

「どうじゃ。この男だが」

帯刀が菱屋四郎兵衛へ顔を向けた。

「なかなかがっしりとした身体《からだ》つきをなさっておられますな」

「こやつは厩番《うまやばん》をしておってな。身体を使うことにかけては、藩中でも指折りであろう。剣術はさほどではないが、柔術《じゅうじゅつ》はなかなかのものだ。ちょうど刀を持てぬ五菜にはよかろう」

「けっこうではないかと。五菜は買いものだけでなく、大奥での家具の移動など力仕事もおこないますゆえ」

菱屋四郎兵衛が納得した。

「野尻」

「はっ」

呼ばれて野尻がふたたび手をついた。

「今よりそなたは苗字《みようじ》を捨てる。ただの太郎《たろう》となれ。そして、五菜として大奥で働け」

「お約束はいただけましょうや」

顔を伏せたまま野尻が訊いた。

「わかっておる。殿が九代将軍となられたならば、直参旗本として千石約束してくれる」

「家族のことは」

さらに野尻が問うた。

藩士を辞《や》めるのだ。厩番は食べていくのもかつかつな身分ではあるが、禄の保証はある。その生活を捨て、五菜などという怪しげな下働きに身を堕《お》とすことになる。己はよくても、家族に辛《つら》い思いをさせたくはない。

「そちらは、わたくしが請け負いまする」

膝《ひざ》をずらし、野尻へ正対した菱屋四郎兵衛が手をあげた。

「小伝馬町の呉服屋菱屋の主、四郎兵衛でございまする。ご家族さまのことは、しっかりとお預かりをいたしまする」

「かたじけない」

顔をあげて菱屋四郎兵衛を見て、野尻が礼を述べた。

「殿のご体調はすぐれぬ。殿に万一があれば、すべては水泡《すいほう》に帰《き》す。ときの余裕はあまりない。無駄にするな」

帯刀が最後に宣した。

二

御広敷用人《おひろしきようにん》となった水城聡四郎《みずきそうしろう》だが、無任所《むにんしょ》のままであった。

本来御広敷用人は、御台所《みだいどころ》、姫君、大奥にいる幼い若さま方の一人に一人が付く。しかし、聡四郎は誰付きと命じられていなかった。

「竹姫《たけひめ》に付けてやりたいのが本音じゃ。なれど、躬《み》が気にかけたことで、竹になにかあっても困る。ゆえに、そなたは大奥へ入った躬の世話をする用人とする」

八代将軍吉宗は、そう言って聡四郎を大奥の牽制《けんせい》に遣っていた。

将軍付きの御広敷用人といえば聞こえはいいが、大奥と確執《かくしつ》がある吉宗である。まず大奥へ滅多に足を踏み入れないので、聡四郎には仕事がなかった。

「忌日《いみび》は来ずともよいわ」

吉宗はそうも言った。

忌日とは歴代将軍の命日のことで、この日は精進潔斎《しょうじんけっさい》しなければならず、大奥へ入ることはできなかった。代を八代も重ねたのだ。神君《しんくん》家康の十七日を筆頭に、秀忠《ひでただ》の二十四日、家光《いえみつ》の二十日、家綱の八日、綱吉の十日、家宣の十四日、家継の三十日と一カ月に七回もある。これらの日を聡四郎は将軍公認で休むことができた。といって、すなおに休めば、大きなしっぺ返しが来た。他の御広敷用人の嫉妬《しっと》を買うのだ。

人というのは、他人が突出することを嫌う。他の御広敷用人からしてみれば、聡四郎は特別扱いを受けているように見える。

なにせ養女とはいえ、聡四郎の妻は吉宗の娘である。つまり、聡四郎は将軍の娘婿《むすめむこ》といえる。そのうえ、前例のない吉宗付きの御広敷用人に任じられ、ほとんど仕事をすることなく、大っぴらに休める。こうなれば、同役《どうやく》たちが腹立たしく感じるのも当たり前であった。

役人の嫉妬ほど怖いものはない。仕事を手伝ってくれないていどならばまだまし、足を引っ張るのも日常茶飯事である。どのような役目であろうが、一人でできるものはなく、周囲の手伝いがあって初めて果たせる。その協力を失うことになりかねない。

聡四郎は、仕事がなくとも登城《とじょう》し、一日江戸城で無為に過ごしていた。

「お先に失礼いたす」

同役で先任の小出半太夫《こいではんだゆう》が、最初に用人部屋を出て行った。

「では、わたくしも」

それを見送って他の用人たちも腰をあげた。

「…………」

無言で礼をした聡四郎は、最後の一人になるまで残った。

これも慣習である。所用、あるいは公用などがないかぎり、もっとも新しく役目に就《つ》いた者が、最後まで残り、部屋の火の気《ひけ》を確認してから退出する決まりであった。

「よし」

湯を沸かすために夏でも置かれている火鉢《ひばち》、その炭をしっかりと灰に埋《うず》めて、聡四郎は点検《あらため》を終えた。

役人の下城時刻は役目によって違うが、おおむね七つ（午後四時ごろ）から六つ（午後六時ごろ）である。

「七つ半（午後五時ごろ）になっておらぬな」

独り聡四郎は呟《つぶや》いた。

江戸城諸門のうち、竹橋《たけばし》門、馬場先《ばばさき》門、半蔵《はんぞう》門など十五門は内曲輪《うちぐるわ》門と呼ばれ、門限があり、暮れ六つ（午後六時ごろ）になると大門を閉じた。といっても潜《くぐ》り門は開けられており、警衛している番士《ばんし》に名乗れば通れる。とはいえ、あまり何度もやると目付《めつけ》に報告がいった。もちろん、役目上遅くなるのが当たり前な、勘定方《かんじようがた》や奥右筆《おくゆうひつ》などは問題なかった。しかし、上様の大奥お成りがないかぎり、夜間の仕事がない御広敷用人となると、話は変わってくる。

とくに昨今の倹約令で、余分な灯油や炭などの使用に制限がかかってくると、遅くまで残っていることが悪と言われるのだ。

御広敷用人部屋を出た聡四郎は、ちらと隣を見た。

隣は伊賀者《いがもの》詰め所である。大奥の警固《けいご》を担当する御広敷伊賀者が待機していた。

御広敷伊賀者は、御広敷用人と違い、宿直《とのい》もおこなう。朝五つ（午前八時ごろ）から夕方七つまでの昼詰め、夕七つから翌朝五つまでの夜詰め、非番の三交代で勤務した。

伊賀者詰め所から灯《ひ》が漏《も》れていた。

御広敷伊賀者は、御広敷番頭《ばんがしら》の配下になる。御広敷番頭は、御広敷の番方《ばんかた》を取りまとめ、御広敷用人は文方《ぶんかた》を取りしきるとされていたが、吉宗によって御広敷用人は御広敷番頭の上になると決められたため、御広敷伊賀者も御広敷用人の下となった。

その御広敷伊賀者と聡四郎は敵対していた。

無任所の聡四郎を御広敷伊賀者が、吉宗の送りこんだ細作《さいさく》と勘違いして、襲ったからである。

探索方《たんさくがた》を伊賀者から取りあげて伊賀者上席格《じょうせきかく》御休息御庭番《おきゅうそくおにわばん》、のちに略して御庭番と呼ばれる御庭之者《おにわのもの》に移した吉宗への恐怖が原因だったとわかっていても、命を狙《ねら》われて許せるほど聡四郎は寛大《かんだい》ではなかった。

しっかり伊賀者を返り討ちにした。

となると殺された伊賀者の縁者が黙っていない。

山間《やまあい》の狭い谷間に張りつくような田畑しか持たない伊賀は、はるか聖徳太子《しょうとくたいし》のころより、忍《しのび》の里として生きていくしかなかった。忍の技を売って金を得て、家族を養う。当然、忍の仕事は、国を遠く離れることが多い。無事に帰ってくる者もいれば、途中で朽《く》ち果《は》てる者もいる。これが敵に殺されたのなら、まだ我慢できた。殺し合うのだから、己は死にたくないではすまないのだ。

だが、伊賀者の死のほとんどは、味方の裏切りだった。

当然である。伊賀者に忠誠はない。金の分だけ働けば終わる。それだけならまだよかったが、依頼があれば敵に回る。腕を知っているだけに、恐怖であった。

なにせ、厳重な城に忍びこんで、内密の話を聞いてきたり、敵将を密《ひそ》かに殺したりするのだ。戦場で華々しく名乗りをあげて戦う武士から見れば、化生《けしょう》の者《もの》としか思えない。

そんな伊賀者の恐怖を打ち払うには、油断しているところを殺すのがもっとも確かであった。

仕事を果たして、報告に戻ったとき、残金を受け取りに来たとき、数で囲んで襲うのだ。

いかに忍とはいえ、広い場所で数を頼みに圧《お》されれば、勝負にならない。こうやって、敵地ならぬ味方の地で命を失う伊賀者が多かった。

これを認めていては、伊賀の存亡にかかわる。

伊賀は裏切った雇い主への復讐《ふくしゅう》を広言《こうげん》し、そのとおりにしていた。それが、殺された伊賀者の仇《かたき》はかならず取る、に変化するのに、さほどときはかからなかった。

そして戦国は終わり、泰平となっても、この掟《おきて》は生き続けていた。

「降《ふ》りかかる火の粉《こ》は払うだけ」

聡四郎は、伊賀者詰め所から目を離し、帰途についた。

「帰ったようでござる」

「そうか」

伊賀者詰め所には、二人だけしかいなかった。

一人は、御広敷伊賀者組頭《くみがしら》の藤川義右衛門《ふじかわぎえもん》であり、もう一人は伊賀者坂崎市之助《さかざきいちのすけ》であった。

「で、繋《つな》ぎはついたのか」

「はい。昨日」

藤川の問いに坂崎が答えた。

「今夜、組頭のお長屋を訪ねるはずでございまする」

「話はしたのだな」

「おおむねは」

確認する藤川へ、坂崎が首肯した。

「わかった。では、あとは任せた。今夜も上様のお渡りはない。なにごともないだろうが、油断するな。伊賀は上様を敵にしている。わずかな瑕疵《かし》でも潰《つぶ》すのに十分な口実を与えかねない」

「承知いたしております る」

念を押された坂崎が胸を張った。

伊賀者の組屋敷は四谷《よつや》にあった。

大きな塀で囲まれた広大な敷地に、何十もの長屋がひしめいている。幕臣のなかでもっとも身分の軽い伊賀者に与えられる居宅は小さく、間取りも諸藩の足軽《あしがる》長屋と変わりはなかった。

「ごめん」

夜五つ（午後八時ごろ）、藤川の長屋を若い浪人者が訪れた。

「来たか。あがれ」

藤川が出迎えた。

「ご無沙汰《ぶさた》をしておりまするな」

若い浪人者が一応の挨拶をした。

「また大きくなったか、左伝《さでん》」

驚きの目で藤川が若い浪人者を見た。

「……御用は」

それに応《こた》えず、左伝が問うた。

「帰ってくる気はないか」

「わたくしには、こちらがあっておりますれば」

左伝が左脇に置いた太刀《たち》に軽く触れた。

「まだ根に持っておるのか」

「わたくしが七歳のとき、忍失格を言い渡したのは藤川どのであったはず。やったほうは覚えていなくとも、やられたほうは忘れませせぬ」

冷たく左伝が言い返した。

「そういう気質は伊賀者らしい」

藤川が苦笑した。

「詫《わ》びぬ。儂は今でもおぬしは忍にむいておらぬと確信している。忍は特徴がないことだ。闇に潜み、人に紛《まぎ》れる。それこそ忍の本領《ほんりょう》。対しておぬしは目立ちすぎる。六尺《しゃく》（約一・八メートル）をこえる上背、二人分はあろうかと思う胸幅、丸太のような腕、女の腰ほどある太股《ふともも》。顔もそうじゃ。大きく開いた眼《め》に、張った顎《あご》。一目で記憶に残る。それは忍として致命傷じゃ」

はっきりと藤川が告げた。

「…………」

欠点を羅列《られつ》された左伝が鼻白《はなじろ》んだ。

「しかし、それで伊賀の名門百地《ももち》の跡取りであった拙者《せっしゃ》がどれだけ肩身の狭い思いをしたか」

「百地を廃嫡《はいちゃく》されたからこそ、剣術の道に入れたのであろう。今のおぬしがあるのは、儂のお陰といっていい」

「…………」

嘯《うそぶ》く藤川に、左伝があきれた。

伊賀と剣術は縁が深い。伊賀の里と柳生新陰流《やぎゅうしんかげ》の本拠は山一つこえただけで隣り合っている。古来《こらい》人の行き来はあり、伊賀で剣術といえば柳生流とされていた。

「百地左伝よ」

沈黙した左伝へ、藤川が呼びかけた。

「その名字は捨てた。今の拙者は柳《やなぎ》左伝」

左伝が文句を付けた。

「名前など、どうでもいい。ただ他人と区別するための符号でしかない。おぬしが柳生流で免許を取り、その祝いに師匠の名字から一文字をいただこうが、伊賀にとっては、変わらぬ。おぬしは百地左伝なのだ」

藤川が左伝の抗議を一蹴《いっしゅう》した。

「伊賀に生まれた者は、死ぬまで伊賀者である」

「そちらから捨てておきながら、勝手なことを」

左伝が憤慨《ふんがい》した。

「血は捨てられぬ。いいや、捨てさせぬ」

冷たく藤川が述べた。

「……拙者に利用するだけの意味を見いだしたか。十八年、なんの音沙汰もなかった拙者に」

対するように、左伝も氷のような声を出した。

「人を斬《き》らせるつもりだな」

左伝が悟った。

「伊賀が殺せぬ相手……旗本、いや、役人だな」

「…………」

藤川が沈黙した。

「墜《お》ちたものだ、伊賀も。己で始末できぬとはな」

「口が過ぎるぞ、左伝」

静かに藤川が怒りを見せた。

「伊賀の尻《しり》ぬぐいなど、御免こうむろう」

左伝が刀を摑《つか》んで立ちあがった。

「よいのか。仕送りが止まるぞ」

背を向けた左伝へ、藤川が告げた。

「道場にもおられまい」

「かかわりはない」

左伝が否定した。

「百地の家を出されたおまえが、どうして柳生道場の住みこみになれた。その裏に気づいておらなかったのか。忍はすべてを疑え。こう教えられてきたはずだ。生まれてきたときからな。それを十八年経《た》ってもわかっていないとは。やはりおまえは忍になるだけの才がない」

「ば、馬鹿な。師が……」

大きく藤川が嘆息した。

「今日、ここへ来るようにと告げたのは、柳生船斎《はくさい》であったろう」

「………」

音を立てて、左伝が息をのんだ。

「伊賀との縁はないと呼び出しに応じるのを嫌がったおまえを、なだめすかしたのは、誰だ」

「まさか……」

左伝が目をむいた。

「伊賀と柳生は親戚《しんせき》のようなもの。柳生流にある手裏剣《しゆりけん》は伊賀が教えたもの。山一つ隔てただけと近いこともあって戦国の昔から、伊賀と柳生は手を組んできた。まあ、そうせざるをえないほど、ともに小さかったからだがな」

藤川が笑った。

「さて、落としてばかりではやる気も出まい」

声の調子を藤川が変えた。

「うまくやれば、道場を一つ建てるだけの金をやろう。今さら柳生道場へ戻ることもできまいからな」

藤川が褒賞《ほうしよう》を語った。

「望むならば、江戸以外の地でもよいぞ」

「…………」

「だからといって、田舎《いなか》へ潜むなどと考えるな。逃《のが》さぬぞ。どこへ隠れようとも見つけ出す。剣しか能のないおまえを、探すなど容易だ」

反応のない左伝へ、藤川がとどめを刺した。

「……一つ付け加えてよいか」

絞り出すように左伝が言った。

「申してみよ。叶《かな》えるかどうかは、聞いてからだ」

藤川が促した。

「無事に役目を果たした後、伊賀との縁切りを」

「わかった」

あっさりと藤川が認めた。

「本当に……」

「紙に書いてやろう。百地左伝を伊賀者から外すとな」

念を押す左伝に藤川が首肯した。

「で、相手は」

左伝が訊いた。

「御広敷用人、水城聡四郎」

「……御広敷用人」

七歳で伊賀を出たとはいえ、左伝も御広敷用人がなにかは知っていた。

「一放流《いっぽうりゅう》を遣う。本人もかなりだが、従者《じゅうしゃ》も強い。大宮玄馬《おおみやげんば》といい、下駒込村《しもこまごめ》の入江《いりえ》道場で、一番と言われている」

「入江無手斎《むてさい》か」

すぐに左伝が口にした。

「入江無手斎の一番弟子とは、手強《てごわ》いな」

乗り気のしなかった左伝の目つきが変わった。

「期間は……」

「切るな」

藤川の言葉を左伝がさえぎった。

「失敗してもいいならば別だが」

「……それはならぬ」

左伝に言われた藤川が首を振った。

「腕の立つ剣士と戦って勝つには、十分な準備がいる。準備なくして勝ちはない」

「ときをかけるだけの余裕はない」

「それはそちらのつごうだ」

きっぱりと左伝が断じた。

「腕の立つ剣士二人を葬るのだ。間を空《あ》けずに片付けねばなるまい。従者を倒してから主人への準備を始めたのでは、対応する間を与えてしまう。入江道場の高弟《こうてい》二人を同時に倒せるほど、拙者は強くない」

「手助けはするぞ」

「……おろかな」

左伝がため息をついた。

「手裏剣を撃つなど不意討ちを勝負のさなかにして、結果がよいとでも思っておるのか」

「相手がおまえに集中している背中を狙えば……」

「だから忍はだめなのだ」

「なにっ」

吐き捨てるように言う左伝へ、藤川が詰め寄った。

「仕合《しあい》をしている剣士に隙《すき》はない。背中に目があると思え。死角から手裏剣を撃ったところで、かわされるのがよいところだ。それで立ち位置が変わるのだ。こちらが組立てた戦いの手順が狂う。必殺の筋《すじ》がずれる」

「そういうものか」

「剣術とはそういうものだ。稽古試合《けいこしあい》とは違うのだ。真剣で命を懸《か》けた仕合ぞ。始まるまでにどれだけ相手のことを調べられたか、地の利《り》、ときの利を手にできたかで、勝負は決まる。刀を合わせるのはその結果の確認でしかない」

真剣勝負の心得を左伝が語った。

「何日も何日も寝食《しんしょく》を忘れて仕合のためだけに生きる。それを邪魔してみろ。どうなるかは……」

左伝が殺気《さっき》を放った。

「くっ」

さすがの藤川が唸《うな》った。

「組頭」

隣室に潜んでいた伊賀者が、飛びこんできて、藤川をかばった。

「これは右京《うきょう》ではないか。達者のようでなによりだ」

伊賀者を見た左伝が声をかけた。伊賀者は左伝の弟右京であった。忍失格の烙印《らくいん》を押され、百地の家督《かとく》から廃された左伝に代わって、家を継いだのが右京であった。

「組頭になにをする」

十八年ぶりの弟が、忍刀《しのびがたな》の柄《つか》を握って兄を詰問《きつもん》した。

「ふん」

弟の構えを見た左伝が笑った。

「忍の技では、おまえの足下《あしもと》にも及ばぬが……姿を見せればたいした相手ではないな」

「なにっ……半端者《はんぱもの》のくせに……」

最後まで右京は言えなかった。目に見えぬ疾《はや》さで左伝が太刀を抜き、右京の首へ添えていた。

「…………」

右京が固まった。

「剣士の間合いに入った段階で忍に勝ち目はない」

感情のこもらない口調で、左伝が述べた。

「よせ。二人とも」

藤川が割って入った。

「これを持って行け」

懐《ふところ》から藤川が金を出した。

「もう道場へ戻れまい」

「…………」

一瞬苦い顔をした左伝だったが、黙って金を手にした。

「いつでもよい。やるときは報《しら》せよ。見聞役《けんぶんやく》を出す。もちろん、一切の手出しはさせぬ」

「承知」

短く左伝が答えた。

三

旗本の家士《かし》というのは、意外と忙しい。朝晩主人の登下城の供《とも》をし、昼間は屋敷に戻って所用を果たす。決まった休みなどはなく、法事や墓参りなどがあれば、願い出て許可をもらう。

その代わり住居は屋敷のなかに与えられるし、独り者というのもあって食事は母《おも》屋《や》の台所で用意してもらえるうえ、洗濯なども女中がやってくれる。

「お嫁さんをもらったら、外で一軒構えなければいけないわね」

主君の奥方はこう言ってくれるが、なかなか相手に巡《めぐ》り会えていない。

「今日は登城せぬ。一日休んでよいぞ」

聡四郎から言われて、大宮玄馬は道場へ向かうことにした。

「久しいな。京《みやこ》はどうであった」

一人道場で入江無手斎が端座《たんざ》していた。

一放流入江無手斎といえば、江戸の剣客のなかで知る人ぞ知る名人であったが、名声を求めない性格もあって、道場は小さなものでしかなかった。それでも近隣の大名屋敷詰めの藩士が通い、細々とながら続いていた道場だったが、今はほとんど閉められていた。

入江無手斎が右手の肘《ひじ》から先の力を失ったため、他人に剣を教えられなくなったからであった。

ことは剣の遺恨《いこん》であった。かつて入江無手斎が剣術修行で全国を回っていたときに、浅山鬼伝斎《あさやまきでんさい》という遣い手と仕合をした。真剣勝負での戦いは、入江無手斎が勝ちを収めた。その戦いに遺恨をもった浅山鬼伝斎が、ときをかけてふたたび入江無手斎に挑んできた。

入江無手斎に敗れたことで、剣士としての自負《じふ》を打ち砕かれた浅山鬼伝斎は、すべてを捨てて剣に打ちこんだ。そして、すさまじいまでの腕前となって現れた。

やはり真剣を使っての仕合は、かろうじて入江無手斎が勝ちを拾ったが、右腕の力を代償として失った。もっとも浅山鬼伝斎は二度と入江無手斎の前に立ちふさがることはできなくなったが。

「ご無沙汰をいたしておりまする」

大宮玄馬が手をついた。

「これは主から師へと預かって参りました」

手土産《てみやげ》を大宮玄馬が差し出した。

「卵ではないか。ありがたいな。飯にかけるとこれほどうまいものはない。なにより、調理せずともよいのが助かる。聡四郎にこんな気遣いはできぬ。紅《あかね》どのであろう。深く感謝していたと伝えてくれ」

笑いながら入江無手斎が受け取った。

「はい」

見抜かれた大宮玄馬が苦笑した。

「しばし待て」

入江無手斎が大事そうに卵をかかえて出ていった。

「さて、始めるか」

卵を台所に置いた入江無手斎が、道場へ戻ってきた。

「構えよ」

「お願いをいたしまする」

命じられた大宮玄馬が木刀を手にした。

大宮玄馬は小柄であった。どうしても太刀だと重すぎ、動きが鈍くなる。そこで、大宮玄馬は小太刀《こだち》を修練していた。

「一流をたてるにふさわしい」

小太刀になってから天賦《てんぷ》の才能を発揮した大宮玄馬を、入江無手斎は手放しで褒めた。貧しい御家人の息子で家を継げない大宮玄馬を一時は道場の跡継ぎにと考えたほどであった。だが、大宮玄馬は勘定吟味役《かんじょうぎんみやく》に抜擢《ばってき》された聡四郎の家士となった。

御家人の息子が旗本の家士になることは珍しくなかった。いや、幸運であるというべきであった。昨今、旗本や御家人に出世や加増などの話がなく、跡継ぎでない男子の行き先に苦労していたからである。

大宮玄馬は喜んで水城家に仕えた。代わりに、入江無手斎は後継者を失った。

「残すほどの道場ではない。儂一人生きていくくらいはどうとでもなる」

こうして入江無手斎は道場を閉めた。

だが、是非にと入江無手斎の稽古を求める弟子はいる。看板は下《お》ろした入江無手斎だったが、請《こ》われればこうやって一人一人の様子を見ていた。

「始めよ」

道場の上座《かみざ》へ腰を下ろして入江無手斎が合図した。

「おう」

応じて大宮玄馬が型を取り始めた。

「やあ」

「えいっ」

一太刀、一振りをていねいに決めていく。

上から木刀を落としたかと思うと斬りあげ、そこから袈裟《けさ》がけへと移る。流れるような動きであった。

「待て」

不意に入江無手斎が止めた。

「もう一度薙《な》いでみよ」

「はい」

首肯した大宮玄馬が、さきほどと寸分違《たが》わない筋《すじ》を繰り返した。

「……切っ先が薙ぎに入ってから、ほんの少し下がっておる」

鋭く入江無手斎が指摘した。

「真剣は空気を裂く。このていどならば、一撃の疾《はや》さではまったく問題にならぬだろうが、癖となっては困る。切っ先が下がることで、わずかに刃筋《はすじ》が狂う。今どき鎧《よろい》を身につけている者などおらぬが、鎧外れを狙ったとき、その狂いで入らぬこともありえる。刀はまっすぐに振るえ」

「気づいておりませんでした。かたじけのうございまする」

きちっと姿勢をただして、大宮玄馬が礼を述べた。

「刃筋を確かめよ」

「承知いたしました」

首肯して大宮玄馬は、薙ぎを繰り返した。

「だめ。よし。下がった。あげてどうする……」

一つ一つを入江無手斎が評した。

「およそよかろう。ここ二十ほどずれておらぬ」

一刻《いっとき》（約二時間）以上薙ぎを続けて、ようやく許しが出た。

「……あ、ありがとうございまする」

さすがに大宮玄馬も疲労困憊《ひろうこんぱい》であった。

「昼飯を喰っていけ」

入江無手斎が誘った。

「ちょうだいいたしまする」

大宮玄馬が木刀を片付けた。

「朝の残りの冷や飯はあるが、せっかく卵があるのだ。飯を炊《た》け」

「すぐに」

急いで汗を拭《ぬぐ》うと、大宮玄馬は台所へと走った。

「剣術は戦場での技である」

全身の力をただ一撃にこめ、鎧ごと武者を断《た》ち割《わ》るのを極意《ごくい》としている一放流は戦国時代越前《えちぜん》の武将富田越後守《とだえちごのかみ》によって興され、その弟子富田一放《いっぽう》によって完成された戦場剣術である。その故事から、一放流は常在戦場《じょうざいせんじょう》を旨《むね》とし、身の廻りのことを一人でできるように指導する。

「己で飯も炊けぬ者など、戦場で飢えて死ね」

入江無手斎はそういって聡四郎や大宮玄馬に炊事を叩きこんだ。おかげで聡四郎も大宮玄馬も炊事洗濯繕《つくろ》いものまで難なくこなせた。

「お待たせをいたしました」

十分蒸《む》らしてから、大宮玄馬は入江無手斎のどんぶりに飯をよそった。

「うむ」

左手で受け取った入江無手斎は、一度膳の上にどんぶりを置き、卵を二つ割り、醤油をかけ回した。

「日を置けば悪くなる。喰え」

入江無手斎が卵を勧めた。

「では、遠慮なく」

大宮玄馬は大盛りにしたどんぶりに卵をやはり二つ割り入れ、醤油をかけてむさぼった。

「三つだけ生《なま》で残して、後は茹《ゆ》でておいてくれ」

食事を終えた入江無手斎が頼んだ。

「はい」

言われたことをすませて、大宮玄馬は道場を出た。

水城家の屋敷は御三家水戸藩上屋敷の裏手、本郷御弓町《ほんごうおゆみちょう》にある。五百石から二千石ほどの旗本屋敷が立ち並ぶ閑静《かんせい》なところであった。

「ここか」

左伝が水城家を見た。

武家町で浪人者は目立つ。ぎゃくにきっちり髷《まげ》を結い、紋付き羽織袴《はおりはかま》姿であれば風景に溶けこめる。左伝は藤川から衣装を借りて着ていた。

「今日は非番だと組頭が言っていた。表門が閉まっているということは、屋敷のなかにいるか」

「あるいは外出しているかだな」

同じ風体《ふうてい》で隣に立つ右京の言葉に、左伝が告げた。

「せめて従者の姿だけでも見ておきたいが」

「小柄で顎の線の細い男だ」

「人相《にんそう》を説明されて、それですぐにわかるか」

左伝があきれた。

「忍ならば、それだけで十分だ」

「確認もせずに襲えるか。人違いだったらどうする」

「ならば、あらためて本物を襲う。仕留《しと》めるまでそれを繰り返せばいい」

「…………」

心底《しんそこ》あきれた目で左伝が右京を見た。

「相手に警戒されるだけではないか」

「それがどうした」

右京が反発した。

「……帰るぞ。明日朝、登城するところで確認する」

嘆息して左伝が背を向けた。

「待て、勝手なまねはするな」

手を伸ばして右京が左伝を止めた。

「今日見ておけば、明日の朝にはやれるであろう」

右京が興奮した声で言った。

「なにを言っている」

左伝が驚愕《きようがく》した。

「伊賀組の精鋭《せいえい》、郷《さと》の忍がかかって勝てなかった敵を倒したとなれば、百地の名前は大きく響く。つぎの組頭も夢ではなくなる。かつて服部《はつとり》、藤林《ふじばやし》と並んで伊賀三家と尊敬されていたころに戻れるのだ」

「やらぬぞ」

「なにっ」

水をさされた右京が声をあげた。

「剣士の戦いは地の利を確保したほうが、優勢なのだ。ここは水城の屋敷前。地の利は向こうにある。こんなところで勝負を挑むわけなかろう。馬鹿も休み休み言え」

冷たく左伝が言い放った。

「……では、途中で」

「できぬと何度言わせたいのだ」

「百地家のためぞ」

右京が迫った。

「知ったことか」

「…………」

無言で右京がつかみかかってきた。

「昨日のことをもう忘れたとはな」

あっさりと手をつかんだ左伝が、右京の腕をねじあげた。

「くっ」

「動くな。関節を砕くぞ」

左伝が宣した。

「うっ」

右京がおとなしくなった。

普通に腕の骨一本ですむならば、忍は逃げ出すための犠牲として躊躇《ちゅうちょ》しなかった。折れた骨はくっつくからだ。しばらくの不便を我慢すればいい。しかし、関節を砕かれては、どうしようもなかった。片腕が永久に遣えなくなるのだ。忍としては致命傷に等しい。

「藤川に確認したのを、おまえも聞いていたはずだ。いつやるか、どこでやるかは拙者に任すとな」

「そういって逃げ出すつもりではないだろうな。忍の修行の辛さから背を向けたときのように」

腕をぎゃくに決められていながらも、右京が言い返した。

「ふん」

鼻先で左伝が笑った。

「怒らせるつもりだろうが、そうはいかぬ」

感情はときにやっかいなものである。とくに怒りは理性を狂わせ、隙を生み出しやすかった。

「だが、兄を馬鹿にした罪はつぐなってもらう。ぬん」

「あくっっ」

肘を強く決められた右京がうめいた。

「筋を伸ばした。三日右手は役に立たぬ。無理に動かせば二度ともとに戻らぬと思え」

「きさま……」

脂汗《あぶらあせ》を流しながら、右京が睨んだ。

「二度も死命を制されたというに、まだわからぬとはな。同じ血が流れているとは思いたくもないわ」

左伝が、右京を突き放した。

「今後、拙者の前に顔を出すな。任の妨げだ。じゃまをするならば斬る。藤川の了承はとってある」

言い捨てて、左伝は水城家の屋敷前を後にした。

四

八代将軍吉宗は、次々と幕政に手を入れていた。

「幕府にどれだけの金があり、米があるのか」

吉宗が勘定奉行《ぶぎょう》を呼び出して訊いた。

「金は金奉行に、米は浅草蔵《あさくさくら》奉行に問いますれば、しばしお待ちを」

下問《かもん》を受けた勘定奉行が猶予《ゆうよ》を願った。

「勘定所へ戻り調べるだけであろう。一刻（約二時間）もあれば、よかろう」

「お待ちくださいませ。それぞれを呼び出し、確認いたさねばなりませぬ。明後日にはわかりましょうほどに」

さっさと次の用件に移りそうな吉宗へ、勘定奉行が願った。

「明後日……そなた、幕府財政を預かる勘定奉行であろう。それが幕府にどれだけの金があるか、米があるかを把握しておらぬと」

吉宗の声が低くなった。

「それは……」

勘定奉行が身を縮めた。

「下がれ、明日の昼までに報告いたせ。間に合わなければ、身の廻りの後始末をしておくがいい」

冷たく吉宗が言い捨て、手を振った。

「はっ」

馘《くび》をほのめかされた勘定奉行があわてて去っていった。

「…………」

吉宗が立ちあがった。

「どちらへ」

小姓《こしょう》組頭が問うた。

「御広敷に参る。供をいたせ」

「はっ」

歩き出した吉宗の後を太刀持ちの小姓が急いで追った。

「上様のお成りでございまする」

先触《さきぶ》れの御殿坊主《ごてんぼうず》が御広敷へと走った。

「上様が」

御広敷用人控えに緊張が走った。

「水城、貴殿であろう。御用は」

小出半太夫が聡四郎を見た。

「わかりませぬが……」

吉宗とは紀州藩主だったころからつきあいはあるが、なにをするかわからない。

聡四郎は首をかしげた。

「水城はおるか」

外から大声で呼ぶのが聞こえた。

御広敷には御広敷用人を始めとする役人の部屋の他に、表御膳所、御料理場、御台所人部屋などが属している。表ほどではないが、かなりの人数が働いている。

そこに吉宗の声が響いた。

「ただちに」

すぐに返事をして、聡四郎は用人部屋を出た。

「聡四郎」

「はっ」

もう吉宗は御広敷用人部屋の前に立っていた。

御広敷用人の部屋は、御広敷御門と大奥への通行口である下の御錠口《おじょうぐち》に近い。そこまで将軍が入ってくるなど、過去にはなかった。

「そなた、前は勘定吟味役をいたしておったな」

「はい。先々代家宣さまより拝命つかまつっておりました」

問われた聡四郎は答えながらも首をかしげた。吉宗と出会ったのは、聡四郎が勘定吟味役であったころだ。あらためて確認しなくとも、吉宗はよく知っているはずであった。

「ならば、金のことには詳しかろう」

「詳しいとは申しあげられませぬ」

聡四郎は首を振った。

もともと水城家は勘定方を代々歴任してきた。祖父は勘定組頭まで登った能吏《のうり》で、父の功之進《こうのしん》も勘定衆として三十年近く勤めた。そんな勘定筋の家に生まれながら、家を継げない四男だった聡四郎は、算盤《そろばん》よりも剣に興味を覚え、幼少より修行を重ねていた。それが長兄の急病死で事情が変わった。次兄、三兄ともに勘定方の家へ婿養子に出ていたため、水城の家の家督《かとく》が聡四郎へ回ってきたのだ。

こうして算勘《さんかん》のことなどまったく知らない聡四郎が水城家の当主となった。

そんな勘定方の色が付いていない聡四郎に目を付けたのが新井白石《あらいはくせき》であった。六代将軍家宣の儒学師《じゆがくし》として幕政に参加した新井白石は、五代将軍綱吉の乱脈《らんみやく》で危機に陥った財政を建て直すため、勘定方に手を入れようとした。しかし、勘定方は代々の家系が握っており、特殊な慣例が横行し、外から改革のしようがなかった。さらに五代将軍綱吉の信頼厚かった勘定奉行荻原近江守重秀《おぎわらおうみのかみしげひで》が、勘定方を牛耳《ぎゆうじ》っているだけでなく、幕府の財布の紐《ひも》を握っていたため、新井白石といえどもなにもできなかった。

そこで新井白石は、勘定方の役目に就いてもおかしくない家柄でありながら、そちらとの柵《しがらみ》がない聡四郎を勘定吟味役に抜擢《ばつてき》して、荻原近江守の追い落としをはかった。

結果、聡四郎は元禄《げんろく》小判改鋳《かいちゆう》の裏を暴《あば》き、勘定奉行荻原近江守を罷免《ひめん》に追いこんだ。

「勘定吟味役は、金の遣いかたが正しいかどうかを監察するものでございまする。金の勘定に精通いたしておるわけではございませぬ」

聡四郎は念を押した。

「帳簿の記載が正しいかどうかを見極めるには、内容を理解していなければなるまい。漢文を訳すのに、我が国の言葉しか知らぬ者を使うまい」

吉宗が述べた。

「たしかにさようでございまするが」

膝をついた状態で、聡四郎は吉宗の顔を見上げた。

「ならば、他の者よりましであろう」

吉宗がうなずいた。

「なにかございましたか」

嫌な予感を聡四郎は覚えた。

「勘定奉行が使えぬ」

「……な」

聡四郎は吉宗の言葉に絶句した。

勘定奉行は幕府の財政を一手に握るだけでなく、三奉行の一つとして幕政へ参画《さんかく》することもできる。旗本のなかでも優秀でなければ務まらない難職中の難職であった。

「なにがお気に召しませなんだか」

吉宗の機嫌をそこねた原因を聡四郎は問うた。

「躬《み》の問いに答えるのに三日もかかるらしい。躬は幕府の金蔵と米蔵にある嵩《かさ》を訊いただけぞ。それを調べるのに三日くれという。おかしいであろう。現在持っている金を知らずして、買いものなどできまい。庶民でさえ、己の財布の中身はわかっておるというに」

不満を吉宗が口にした。

「そこで、そなたを思い出した。たしか、吾が婿は勘定方の出であったなと」

吉宗が告げた。

「上様……」

聡四郎は嘆息した。

「おおっ。このようなところでする話ではなかったの。付いて参れ」

気づいたように吉宗が背を向けた。

御広敷から中奥《なかおく》までは近い。中奥の庭へ吉宗が聡四郎を誘った。

「上様。あのようなところで、お言葉をいただくのは……」

人払いをした四阿《あずまや》で足を止めた吉宗へ、聡四郎は苦情を申したてた。

「ふん。少しは読めるようになったか」

吉宗が笑った。

「まさか本気で仰《おお》せられたわけでは」

「……本気だと言えばどうする」

真剣な目で吉宗が聡四郎を見下ろした。

「お断りをいたしまする」

聡四郎ははっきりと言った。

「なぜ断る」

「勘定奉行などという重職をこなせる器《うつわ》ではございませぬ」

問いただす吉宗へ聡四郎は首を振った。

「育てろ」

あっさりと吉宗が命じた。

「勘定奉行どころか老中を任せてもよいくらいに大きくせい」

「無茶なことを仰せられまする」

聡四郎はあきれた。

「ときはくれてやる。五年、いや三年で勘定奉行ができるくらいになれ」

「…………」

吉宗が本気だとさとった聡四郎は沈黙した。

「今、御広敷で話をなされたのはなぜでございまするか」

先の話を置いて、聡四郎は問うた。

大声で吉宗が話した内容は、御広敷にいた者全部の耳に入ったといっていい。今ごろ江戸城中に広がっているはずであった。いや、表だけではない。大奥の女中たちも、噂しあっているだろうと聡四郎は確信していた。あのとき七《なな》つ口《ぐち》に出入りの商人たちがいたならば、城下でも話題になっている。

「わからぬか」

吉宗が厳しい顔をした。

「大奥へ報せるためでございまするか」

「半分だな」

聡四郎の答えに、吉宗が不満そうな顔をした。

「商人たちにも言い含めなければならぬ」

吉宗が訂正を入れた。

「御広敷の役人たちは」

「あのような者どもは、数に入っておらぬ。噂を広めるくらいのことしかできぬわ」

冷たく吉宗が切って捨てた。

「伊賀者も……」

「……なにが言いたい」

吉宗の声が低くなった。

「わたくしが御広敷から離れるとなれば、伊賀は……」

最後まで聡四郎は言わなかった。

「喜ぶだろうな。躬の盾が一枚はがれるのだからな」

「……お、御身《おんみ》を囮《おとり》にされまするか」

聡四郎は息をのんだ。吉宗と大奥、伊賀者の確執《かくしつ》は根深い。

「躬がなぜ大奥へ入らぬかわかっておるのか」

「御台所さまもご愛妾《あいしょう》さまもおられませぬからでは」

問いかけられた聡四郎が推測を口にした。

「それはたいしたことではない。気に入った女なら大奥におる」

吉宗の表情が和《やわ》らいだ。

表には出さなかったが、聡四郎はその変化に驚愕《きょうがく》していた。吉宗が女のことを思って微笑《ほほえ》むなど、想像できなかった。

「竹《たけ》を求めようと思えばできる」

吉宗が女の名前を出した。

竹とは、清閑寺《せいかんじ》権大納言《ごんのだいなごん》の娘で、五代将軍綱吉の養女でもある竹姫のことである。五代将軍の愛妾大典侍《おおすけ》の局《つぼね》の手配で御台所の養女となるべく、幼くして江戸へ送られた竹は不運な女性《にょしょう》であった。

将軍の娘となった竹姫に、縁談が来るのは当然である。最初は四歳のときであった。幕府にとって格別の家である会津《あいづ》松平家の久千代《ひさちよ》と婚約がなされた。しかし、そのわずか半年後、久千代は十三歳の若さで死去してしまった。

二年後、今度は有栖川宮正仁親王《ありすがわのみやまさひとしんのう》との婚姻の話が持ちあがった。結納《ゆいのう》も交わしいざ輿入《こしい》れというところで、またもや有栖川宮が逝去《せいきょ》した。

十一歳という若さで竹姫は二度も伴侶《はんりょ》候補を失うという辛い経験をした。

その竹姫に、吉宗が一目《ひとめ》惚《ぼ》れした。

将軍として大奥へ入った吉宗に竹姫が挨拶をした。その一度の顔合わせで、吉宗が気に入った。

「しかし、大奥が信用できぬ。大奥を警衛しているのが伊賀者だからな。伊賀者は不平不満をうちに抱《いだ》き続けている。あれではどうしようもない」

吉宗が吐き捨てた。

「なぜ、甲賀《こうが》よりも身分が低いのか、どうして探索御用を奪われたのかと。役立たずだと思われているからだと気づいておらぬ。伊賀者がおらなくとも困らぬと言われたに等しいのだ。ここで反発して、やはり伊賀は要《い》ると思わそうとなぜせぬ。役に立つならば、躬は働きに応じただけの褒賞《ほうしょう》をくれてやるにやぶさかではない」

「…………」

「だが、伊賀は躬に添おうとはせぬ。そのような連中が天井裏や床下に潜んでおるところで女を抱けるか」

「それは……」

返答に聡四郎は困った。

「男が女を抱いているとき、無防備になる。わかっておろう。そなただとて、紅と同衾《どうきん》はするであろう」

「…………」

主君に話す内容ではない。聡四郎はふたたび沈黙するしかなかった。

「まさか、そなた紅としておらぬというのではなかろうな。吾が娘に不満があると申すようならば、そのままには捨て置かぬぞ」

吉宗があきれた顔をした。

「いえ、紅とは無事に」

「ならばいい。もし紅が気に入らぬならば、躬が召しあげたいところだ」

頬を染めた聡四郎へ、吉宗がうなずいた。

「上様……」

「安心せい、竹以外の女に興味はないわ。今は」

懸念《けねん》する聡四郎へ、吉宗がみょうな否定をした。

「伊賀者の気をより一層そなたに向ける。幸い、伊賀はそなたのことを狙っているようだからな」

吉宗が堂々と聡四郎を身代わりにすると宣した。

「竹さまから目をそらさせるため」

「うむ」

確認する聡四郎へ、吉宗が首肯した。

「勘定奉行への栄転かと周囲が思えば、動きがあろう。いろいろな連中がそなたに接してくる。それをうまくあしらえ」

「伊賀者のことは」

「御庭之者にさせる。もっとも、そなたの身に降りかかる火の粉までは知らぬ」

襲われても手助けはしないと吉宗が告げた。

「…………」

聡四郎は黙るしかなかった。

「役に立つまでは死ぬことを許さぬ」

言い残して、吉宗が去っていった。

第二章　因習姑息《いんしゅうこそく》

一

吉宗の策は当たった。

その日の夕刻、居心地の悪さをこらえて勤務を終え、屋敷へ帰った聡四郎を機嫌の悪い紅が出迎えた。

「どうかしたのか」

玄関式台に座っている紅へ聡四郎は問うた。

「これのご説明をお願いいたしまする」

ていねいな口調は心底《しんそこ》怒っている証《あかし》である。

「どれ……な、なんだ」

紅の指さす先、玄関脇の供待ちを見た聡四郎は目を疑った。

供待ちが、音物《いんもつ》で埋まっていた。

四畳ほどの板の間だとはいえ、その床が見えないほどに積みあげられた音物は、どれほどの量になるか、想像もつかなかった。

「これは……」

唖然《あぜん》として聡四郎は訊いた。

「昼過ぎからぞくぞくと届きましてございまする」

紅は告げた。

「口上は」

「ご栄転おめでとうございまする。今後ともよしなに、とご一同判《はん》で押したように同じでございました」

問われた紅が答えた。

「……上様」

聡四郎は肩を落とした。

「上様……」

紅が聞きとがめた。

「今日、お城でこのようなことが……」

委細を聡四郎が説明した。

「あのお方は……」

聞き終えた紅が嘆息した。

「どうするか、これを」

受け取るつもりは聡四郎にはなかった。

「全部、誰からか書いてあるから、明日にでも返しておくわ」

ようやく紅の口調がもとに戻った。

「すまんが、頼む」

手配するだけで、何十軒とあるのだ。一日では終わらない。

「いいわよ、それくらい。父のところから人を借りるから」

ほほえみながら紅が首を振った。

紅は江戸城出入りを許されている人入《ひとい》れ屋相模屋伝兵衛《さがみやでんひょうえ》の一人娘である。勘定吟味役を命じられたばかりで、右も左もわからず戸惑っていた聡四郎と出会い、紆《う》余曲折《よきょくせつ》を経て夫婦《みょうと》となった。そのとき、名門旗本へ嫁ぐための身分を整えるため、紀州藩主だった吉宗の養女となった。そのじつは、八代将軍の座を求めていた吉宗が、幕府財政の弱点を知る聡四郎を味方とすべく紅を人質に取ったのであった。

こうして紅を娶《めと》った聡四郎は、将軍家の義理の息子となった。それが、今回の噂を後押しした。

「少し知っている人なら、あなたが勘定奉行などになるはずないとわかっているのに」

明日の手間を思ってか、紅が恨めしそうな目で音物を見下ろした。

「そうとも言いきれぬ」

聡四郎は紅を見た。

「三年ときをやると仰せられたわ」

「上様なら、言われたことはかならず……」

紅も息を吞《の》んだ。

「御広敷用人として手柄を立てろということだ。周囲に勘定奉行への抜擢を納得させるだけの手柄をな」

難しい顔を聡四郎はした。

「人遣いの荒いお方だ」

聡四郎は大きく嘆息した。

水城家の屋敷門がかろうじて見える辻《つじ》の角に左伝が潜んでいた。

「やはり、主人と従者はともに登下城するようだ」

左伝が独りごちた。

右京に言ったように左伝は、朝屋敷を出て登城する聡四郎と大宮玄馬を見るため、夜明け前から潜んでいた。

「お発《た》ちいいいいい」

役付旗本の屋敷独特の声に送られて出てきた聡四郎と大宮玄馬の後をつけ、江戸城まで行き、今また仕事を終えて下城してきた二人の後を屋敷まで追ってきた。

「行きも帰りも同じ道筋か」

剣士として勝負を挑むならば、必勝を期すべし。生涯六十余の決闘を勝ち続け生き抜いた剣聖宮本武蔵《みやもとむさし》を見てもわかる。

「襲うとしたら、左右に逃げられぬ神田橋《かんだばし》の上だな」

左伝が思案した。

「しかし、二人同時は無理だ」

新陰流道場で稀代《きだい》の遣い手と言われた左伝は、一目で大宮玄馬と聡四郎の腕を見抜いていた。

「従者で互角、あるいはこちらに少し分《ぶ》があるか。主人ならばこちらが上。ただ、二人を相手にすれば、こちらの負け」

冷静に左伝は読んだ。

真剣勝負で生き残るには、己の腕を知っていることがなにより重要であった。勝てもしない相手に挑むのは無謀である。若い者に多いが、己の腕を過信して、なんの根拠もなく勝てると思いこんでしまう。その結果、待っているのは死。勝てるか勝てないかを見極める目を持つ。これが、名人と言われる年齢まで生き残る最大の方法であった。

「従者を先に片付けられれば、主はたやすい」

左伝が思案した。

「主人を先に倒せば、従者は復讐《ふくしゅう》鬼《き》になろう。あの腕で鬼になられれば……」

想像した左伝が震えた。

「やはり先に従者が一人のときを狙うしかないか」

つぶやいた左伝が、辻を離れた。

水城聡四郎を勘定奉行へとの噂は大奥でも話題となっていた。

「何者じゃ、そやつは」

天英院が訊いた。

五百五十石御広敷用人といったところで、六代将軍の御台所から見れば小旗本でしかない。己の担当だというならまだ名前を覚える気にもなるが、そうでなければ気にかけるほどの相手ではなかった。

「上様が大奥へ入られたときの御広敷用人だそうでございまする」

「吉宗の用人か」

嫌そうな顔を天英院がした。

大奥と八代将軍吉宗は対峙《たいじ》していた。

乱脈の限りをつくした五代将軍綱吉によって幕府の財政は完全に破綻《はたん》していた。家康が鋳造を命じ、流通させていた慶長《けいちょう》小判を回収して、小判の質を落とした元禄小判へ改鋳し、その差額を繰り入れるまでしたが、それでも賄《まかな》いきれなかった。

その綱吉の後始末を期待されて甲府から入った六代将軍家宣は、儒学者新井白石に政をゆだねるなど、改革に努めたが志《こころざし》半ばにして急逝《きゅうせい》した。

残された幼君七代将軍家継はまだ五歳。とても政をおこなうことなどできない。

いや、誰かに任せるという意思表示さえ無理なのだ。

当然、天下という権力を巡って争いが起こった。

一つは表。老中たちと家宣の遺臣新井白石の戦いは、老中の勝利で終わった。家宣という後ろ盾を失った新井白石は、なんの肩書きもないただの旗本でしかなく、老中の権に抗すことはできず、政から遠ざけられた。

もう一つの争いは大奥であった。家継の生母月光院と家宣の御台所天英院の間で大奥の覇権《はけん》が奪い合われた。大奥の主は将軍御台所である。しかし、五歳の家継に正室のあるはずなどない。かといって天英院は六代将軍の御台所であり今は落髪《らくはつ》して世俗を離れた身ゆえ大奥の主ではない。また、家継の生母月光院は、家宣の側室でしかなく、大奥の主たる資格はなかった。

ともにその座を手にすることのできない女同士が、大奥の主を取り合った。

こうして内と外に波乱を含んだ七代将軍の御世《みよ》は、わずか三年で終わった。家継が病死したからである。

争いの決着がついていたならば、まだよかったかも知れなかった。だが、大奥の覇権は宙に浮いたままであった。

ならば八代将軍となる者と結べば、相手を蹴落《けお》とせる。当然の帰結であった。そこで、天英院は亡夫の弟松平清武を、月光院は御三家の一つ紀州徳川吉宗を推した。そして将軍には吉宗がなった。

本来ならば、吉宗を後援した月光院が大奥の主として残り、天英院は城外の御用屋敷で、余生を家宣の菩提《ぼだい》を弔う毎日になるはずだった。

だが、天英院を吉宗は大奥に置いたままにした。吉宗は月光院を抑える道具として天英院を利用した。

これは、月光院だけを大奥に残せば、吉宗に恩を売ったことで増長《ぞうちょう》しかねなかったからである。また、月光院のもとで大奥が一つにまとまっても困る。

吉宗は大奥にも改革の手を入れるつもりでいた。幕府財政圧迫の原因の一つだったからである。しかし、大奥の力は強い。老中の首をすげ替えるくらいはしてのけた。将軍になったとはいえ、傍系の御三家出身でしかない吉宗など、端《はな》から舐《な》めている。そのうえ、恩を売ったとあれば、経費節減など聞くはずもない。

大奥を分断するために、吉宗は天英院を先代御台所として遇《ぐう》した。もっとも月光院の機嫌を損ねないよう、一枚下として扱うことは忘れなかった。

吉宗の思惑《おもわく》はあたり、大奥では月光院優勢の状況ながら勢力争いが続き、一枚岩とはならなかった。

その隙《すき》に、吉宗は大奥へも改革の手を伸ばし、女中の放逐という大なたを振るうことができた。

さすがの大奥もこうなれば、吉宗の意図を悟る。月光院と天英院の二人は、互いを蛇蝎《だかつ》の如《ごと》く嫌っているため仲直りをすることはないが、下についている奥女中たちは手を結び、吉宗へ対抗しようとしている。

どちらにせよ、大奥で吉宗の名前は禁忌《きんき》であった。

「それだけではございませぬ。あの者の妻は吉宗の娘だそうでございまする」

上臈《じょうろう》の姉小路《あねこうじ》が述べた。

「なんと娘婿か」

いっそう天英院が苦い顔をした。

「その者を勘定奉行にするとなれば、意図は明白でございまする」

「これ以上に金を締め付けるか」

「はい」

大きく姉小路がうなずいた。

「幕府の金はすべて勘定奉行の許しがなければ出ませぬ。そこを締められれば、いかにお方《かた》さまの御用とはいえ……」

姉小路が口籠《くちご》もった。

「おのれ、紀州の田舎者《いなかもの》が、妾《わらわ》の生活に口を出すなど……」

天英院が怒った。

「姉小路よ」

不意に天英院が平静な声に戻った。

「なにか」

「清武どのは、将軍になる気がないという。ならば他に誰かおらぬか。そうじゃ、尾張《おわり》などはどうであろう」

天英院が提案した。

「尾張は主君殺しがありましたゆえ……」

藩主徳川吉通《よしみち》が、実母とその兄によって毒殺された話は表沙汰《おもてざた》になっていないとはいえ、幕閣《ばっかく》に知らない者はいない。御三家筆頭でありながら、八代将軍候補を出せなかった原因は、ここにあった。

「だめか。ならば水戸《みと》はどうじゃ」

「水戸は紀州と同母の弟を祖《そ》といたしまする。紀州より控えねばなりませぬ」

ふたたび姉小路が首を振った。

「ええい、情けない」

いらだちを天英院が露《あら》わにした。

「そうじゃ、都から宮家《みやけ》を迎えて将軍にすればよい。宮将軍ならば、我が母も内親《ないしん》王《のう》の出。血筋の近い妾をたいせつにしてくれるであろう」

名案だと天英院が述べた。

天英院は近衛《このえ》家の出で、その母は後水尾《ごみずのお》天皇の娘、常子《つねこ》内親王であった。

「それは難しゅうございましょう」

「なぜじゃ。鎌倉《かまくら》の故事にならうだけぞ」

不思議そうな顔を天英院が見せた。

源頼朝《みなもとのよりとも》の開いた鎌倉幕府は、わずか三代で源氏《げんじ》の流れは途絶《とだ》え、京から宮家を迎えて将軍としていた。

「鎌倉は将軍となるお方がおられなかったのでございまする。今は八代将軍がおりますれば、宮将軍を迎えるのは難しゅうございまする」

「そうか」

天英院が肩を落とした。

「一同、遠慮いたせ」

姉小路が人払いを命じた。

「なんじゃ」

怪訝《けげん》な声を天英院があげた。

「内密のお話が……」

近づいて姉小路が小声で告げた。

「さようか。皆、出よ」

天英院が追認した。

「お方《かた》さま」

他の女中たちがいなくなるのを確認して、姉小路が口を開いた。

「山城帯刀をご存じでございましょうや」

「清武どののところにおる家老であろう。何度か目通りを許した覚えがある」

将軍家御台所となる前、天英院は甲府藩主の正室であった。支藩へ出される前の山城帯刀と面識はあった。

「その帯刀より、話が参りました。なんとしてでも清武さまを将軍にいたしたいと」

「ほう。だが、たかが館林藩の江戸家老ていどでは、それほどの力はあるまい」

「ゆえにお方さまへおすがりをと申して参りました」

姉小路が述べた。

「いつ申して参ったのだ。妾《わらわ》が手を貸して欲しいと言ったときには、けんもほろろの返答だったが」

思い出した天英院が苦情を言った。

「あれは清武さまのご意向だったそうで」

「当然であろう。清武どのの言葉でなければ、誰のものだというか。おかしなことを申すな」

天英院があきれた。

「清武さま以外は、違うということでもございまする」

一層姉小路が声を潜めた。

「待て、どういうことだ」

「藩をあげて清武さまを九代将軍にと」

「主の意思を無視してか」

内容に天英院が気色《けしき》ばんだ。

「天下人《てんかびと》となるのは、人の後押しが要りましょう。関ケ原《せきがはら》で外様《とざま》たちを味方にされた家康さましかり」

姉小路が述べた。

「推戴《すいたい》と……」

「はい」

しっかり姉小路が首肯した。

「男と生まれて天下を望まぬ者などおりますまい。清武さまは、生まれのことをお考えになられ、遠慮なさっておられるだけ。その意を汲《く》むのは家臣の役目にございましょう」

「ふん」

天英院が小さく笑った。

「勝手に御輿《みこし》とするだけであろう」

「……よろしいのではございませぬか。お方さまにとって、吉宗以外であれば誰でもよいのでございましょう、将軍は」

「たしかにの」

笑いを消して天英院がうなずいた。

「じゃが、どうやって館林の家老と連絡を取るのだ。再々大奥で面会をしたり、手紙をやりとりしては、めだつ。いかに清武どのとは、近い親戚だといったところで、今までほとんど交流してこなかったのだ。吉宗が気づかぬはずはない」

天英院が首を振った。

「ご懸念には及びませぬ。わたくしにお任せを」

強く姉小路が保証した。

「わかった。妾は知らぬでよいな」

「はい」

「だが、帯刀と手を組むのはよいが、どうせいというのだ。妾に吉宗を害せよなどと申すのではなかろうな」

天英院が警戒した。

「まさか、お方さまのお手を汚すようなまねは、わたくしがさせませぬ」

姉小路が否定した。

「吉宗を将軍から下ろす方法は、なにも殺すだけではございませぬ」

「死なせなくともよいというか」

「さようでございまする。お方さまは、ただお待ちくだされればよいのでございまする。この姉小路、お方さまをかならず、大奥の主に戻してさしあげまする」

不思議がる天英院へ、姉小路が宣した。

「頼もしいことよな。そのときは、大奥の差配《さはい》、そなたに預けるぞ」

天英院が姉小路を大奥総取締り役にすると約した。

「かたじけなきお言葉」

姉小路が手をついた。

二

天英院付きの奥女中は皆将軍の手がつかない清《きよ》の女中である。清の女中は、将軍の手がついた女中よりも格が高く、与えられる局も広い。

「太郎はどうしておる」

局に戻った姉小路が、部屋付きの女中に問うた。

「溜《た》まりに控えておるかと」

中年の女中が答えた。

中臈や上臈などに与えられる局は、居室、化粧部屋、控えの間、納戸、台所、浴室、厠《かわや》などがあり、一つの屋敷に近い。当然、そこで働く者たちが要る。その女中たちをまとめるのが、局であった。

局を管理するということから、そのまま局と呼ばれるようになった女中は、おおむね長く仕えてきた者が多く、忠誠心も高かった。

「呼んで参れ」

「御用があるならば、わたくしが代わりに」

五菜は大奥で最下級になる。局の雑用をこなすお末《すえ》よりも下であった。姉小路ほどの者が会うにはふさわしいとは思えなかった。

「かまわぬ。少し聞きたいこともある」

「……では、お庭先で」

しかたなく局が言った。

大きな局にも屋敷にないものが二つあった。玄関と庭である。玄関は大奥の出入りを管理しやすくするため七《なな》つ口《ぐち》に集約し、御台所の局とはいえ、作られなかった。

対して庭は、単に土地の広さの問題からであった。庭を取りこむとなれば、隣の局との間に仕切りを作らねばならない。広い庭といえども局ごとに仕切るなどできるはずもなかった。

「わかった。それでよい」

姉小路が許容した。

大奥女中が庭を散策できるよう、長局《ながつぼね》には何カ所か沓脱石《くつぬぎいし》が置かれ、そこから出られるようになっていた。

「お方さまが、お庭へ出られまする。準備を」

「はい」

「ただちに」

局の言葉に、たちまちお末たちが動き出した。

上臈は、表における旗本と同じ扱いを受けた。なにをするにも他人の手が入った。

「庭先、お履《は》きもの整いましてございまする」

「沓脱石周辺、他の方のお姿ございませぬ」

「お庭の長虫《ながむし》など追い払いましてございまする」

待つほどもなく準備が整った。

「お方さま」

お末たちの報告にうなずいた局が、姉小路を促した。

「手配は」

「すでに沓脱石のところで待っておりまする」

姉小路の確認に局がうなずいた。

「よし」

局の先導で、姉小路が庭へと向かった。

庭先で片膝をついて控えていたのは、館林藩士の野尻力太郎であった。もっとも今は藩籍を離れ、五菜の太郎となっていた。

「太郎、おるかえ」

沓脱石の上から姉小路が呼んだ。

「これに控えおりまする」

代わって局が答えた。

五菜の身分では上臈への直答《じきとう》はできなかった。

「手紙を」

「はい」

姉小路が差し出した手紙を、局が受け取って太郎へ渡した。

「お方さまもおよろこびであったと伝えよ」

「はっ」

太郎が頭を下げた。

「あと返答は、直接妾へ渡せ。目の前でじゃ。決して他の者へ託すな」

「承知いたしましてございまする」

厳命する姉小路へ、太郎が平伏した。

「よろしゅうございますか。いけ。男は目障《めざわ》りゆえ」

用の終わりを姉小路へ確認した局が、犬を追うように太郎を追い払った。

「お方さま、せっかくでございまする。お庭でお茶などいかがでございましょうか」

「野点《のだて》か。よいな」

局の提案に、姉小路が同意した。


五菜には大奥へ出入りする鑑札《かんさつ》が与えられた。鑑札に入れられる花押《かおう》は、御広敷を所管する留守居《るすい》ではなく、御広敷用人のものであった。

「花押の書き換えまで御広敷用人の仕事とはの」

小出半太夫が、控えで同役に話しかけた。

「従前は御広敷番頭だったと聞きましたが、用人を上席としたため、こちらに回ってきたのでございましょう」

同役が述べた。

「出入りの商人どもへ渡す鑑札に入れるだけならまだしも、五菜などという下賤《げせん》の者の手になる鑑札に吾が花押を入れねばならぬとは……」

苦々しいと小出半太夫が吐き捨てた。

「よろしいか」

聡四郎は口を挟んだ。

「なんだ」

先任である小出半太夫が横柄《おうへい》に応じた。

「花押を入れるとはどういうことなのでございましょうや」

教えてくれと聡四郎は頼んだ。

「それくらいのことも知らぬのか。よいか、御広敷用人は大奥との出入り口である七つ口を預かっておる。女中に関しては、大奥の切手書《きってが》きという役目が担当するゆえ、我らにはかかわりない。だが、それ以外、外から七つ口へ来る者はすべからく御広敷用人が責任を負わねばならぬ。出入りの商人から大奥女中の親戚までな」

小出半太夫が説明を始めた。

「五菜については知っているか」

「大奥女中から頼まれて、買いものなどをする小者《こもの》と存じておりますが」

問われた聡四郎は答えた。

「おおむねだの」

あきれた小出半太夫が、説明を再開した。

「五菜は、大奥女中に雇われた小者である。大奥全体で二十人ほどの五菜を抱え、用があるときに使う。多くはおぬしも言ったように買いものをさせるが、ときには局の家具を動かしたり、雨漏りの修繕をしたりと大奥内部にも入る」

「なかへ……」

聡四郎は驚いた。

「大奥でも男手の要るときはある。男がいかぬとなれば、奥医師も禁じなければならぬ。それに、大奥にも庭の手入れ、畳の表替えなどもある。男の出入りを完全に止めることはできぬ」

「たしかに……ですが……」

「大奥の女たちは、そこまで愚かではない」

懸念を言おうとした聡四郎を小出半太夫が制した。

「大奥では将軍だけが男なのだ。あとは男ではない。いや、人ですらない。道具なのだ。道具に身を任せるほど、大奥の女は馬鹿でもなく、かわいげもない」

小出半太夫が断じた。

「水城、おぬし大奥の女とは、なにか知っているか」

「御台所さまを始め、大奥におる者たちでございましょう」

みょうな質問と思いながらも、聡四郎は告げた。

「お末も女か」

「でございましょう」

「それが違う」

はっきりと小出半太夫が否定した。

「大奥で女というのは、上様のお手がつくことの許される者だけである」

小出半太夫が断言した。

「したがって、お目通りもかなわぬ末の者など、女ではない。女でなければ、どこで誰となにをしようが勝手。もっともそうなれば、すぐに大奥から放り出される。孕《はら》み女がいてはつごうが悪いであろう」

「たしかに」

聡四郎は納得した。

大奥で女が妊娠するというのは、将軍の胤《たね》以外にあってはならなかった。

「五菜は、そういうお末としか口がきけぬ。そのていどの者なのだ。だが、大奥へ出入りするとなればもっと大きな問題がある」

「刺客《しかく》でございまするな」

「そうじゃ。大奥へ忍びこみ、上様のお命を狙う。これがもっともおそろしい」

首肯しながら小出半太夫が言った。

「ゆえに身許《みもと》のしっかりした者でなければ、鑑札は出せぬ」

「五菜の身許は誰が調べるのでございまするか」

重ねて聡四郎は尋ねた。

「あやつらのまとめをする肝煎りが保証いたす」

「それでよろしいのか」

仲間に仲間を見張らせる。

「盗人《ぬすっと》に蔵の番とまでは申しませぬが……」

「大奥ができて何十年、これまで一度もまちがいはなかった。それがなによりの保証でござろう。もめ事の一つでも起こせば、五菜は禁止。己たちの飯の種を失うことになる。それに上様へ無礼をした五菜が出れば、肝煎りも同罪」

小出半太夫が笑った。

「さようでございますか」

それ以上聡四郎は言いつのらなかった。反発を招くだけとわかっていた。

「五菜の継承はどうやって」

「そのあたりは知らぬ」

興味をなくしたとばかりに小出半太夫が首を振った。

「儂とて御広敷用人になってまだ二年にならぬのだからな」

「失礼をいたしました。では、詳細は」

詫びてから聡四郎は訊いた。

「番頭《ばんがしら》が詳しかろう。一人はもう十年以上になるというからな」

小出半太夫が教えた。

「ご説明かたじけない」

礼を言って、聡四郎は用人部屋を出た。

御広敷番頭は役料二百俵、留守居支配で持高勤め、ただし百俵未満は不足を加増された。四代将軍家綱の時代に、十人が任じられ、二人ずつが一日一夜御広敷に詰め、大奥の万一に備えるとともに、出入りする者を管理した。御広敷添番《おひろしきそえばん》、御広敷伊賀者、御広敷進上番《しんじょうばん》、御広敷小人《こびと》、御広敷下男、御広敷小遣之者《こづかいのもの》を配下にもつ。

「よいかな」

七つ口に詰めている御広敷番頭へ聡四郎は声をかけた。

「これは御用人さま、なにか」

御広敷番頭が立ちあがって、座を譲った。

「いや、少し訊きたいことがあるだけじゃ。すぐに去るゆえ、そのままで」

「では、御用中でございますので」

断ってから御広敷番頭が座った。

「五菜について教えてもらいたい」

御用中をじゃまするのだ、聡四郎はすぐに本題に入った。

「五菜のなにをでございましょう」

「継承についてだ」

聡四郎は告げた。

「五菜ていどの者に継承というほどのものはございませんが、病気や年齢、その他の諸事情で身を退《ひ》く者の後釜《あとがま》は、肝煎りの推薦で決まりまする」

「ほう。御広敷で管轄《かんかつ》するということもないのか」

「はい。なにぶん、身分からいけば奥女中に雇われた小者でございまする。御上《おかみ》が口出しをするほどではございませぬゆえ」

申しわけなさそうに御広敷番頭が答えた。

「肝煎りの推薦はどうするのだ」

「…………」

問われた御広敷番頭が、周囲を窺った。

「株の売り買いでございまする」

「……株か」

聡四郎は苦い顔をした。

かつて勘定吟味役をしていたことで、聡四郎は旗本や御家人の困窮《こんきゅう》のひどさを知った。なにせ身近に大宮玄馬がいるのだ。貧乏御家人の跡継ぎでない者の悲惨さはわかっていた。大義として将軍家に仕える家臣を御家人といった。もっとも、今は将軍家に目通りがかなわない幕臣のことを指している。

おおむね二百石以下であり、最小は二十俵くらいであった。同心《どうしん》の三十俵二人扶《ぶ》持《ち》でさえ、年に十二両ほどにしかならないのだ。これで軍役《ぐんえき》にしたがうだけの装備を調え、武士としての体面を維持しなければならない。金がなければふんどし一つでいられる庶民のほうが、はるかに楽であった。

株とは、食べていけない御家人が、武士という身分を売ることであった。

もちろん身分によって株の値段は違い、三十俵二人扶持の御先手《おさきて》同心ならばいくら、百俵取りの小普請《こぶしん》御家人ならいくらと相場は決まっていた。

「五菜の株は一人の肝煎りが預かっておりまして」

「………」

無言で聡四郎は先を促した。

「五菜が各局ごとに人が決まっているとはご存じでございますか」

「そう聞いてはいる」

「あれは、給金の取りまとめをするための便宜上のもので、そのじつは、一人の肝煎りが仕切っておりまする」

「ほう」

思わぬ話に、聡四郎は驚いた。

「局ごとに決まっているのは親五菜と呼ばれる者だけで、この者が局に属しているとされる五菜の給金をとりまとめて受け取りまする」

「親五菜以外は、局に顔を出さないのか」

「さすがにそうはいきませぬので、基本、この局にはこの者がという五菜は決まっておりまする。上の五菜といいまするが、これも専従ではなく、要りように応じて他の局の用もいたしまする」

「なるほどな」

表情をゆがめる御広敷番頭を見て、聡四郎は気づいた。

「人数を水増ししているのだな」

「……ご賢察でございまする」

御広敷番頭が首肯した。

「一人一人に給金を手渡せば、さすがにばれるだろうが、一人にとりまとめたのでは、実際何人いるか、わからぬ。局ごとに一人浮かしても、大奥全体で見れば大きい額になる」

からくりを聡四郎は見抜いた。

「五菜の用は毎日あるわけではございませぬゆえ、多少定員を割ったところで、なにも困りませぬ」

御広敷番頭が苦笑した。

「で、その余った金を、皆で分配すると」

「いわずともおわかりでございましょうが、肝煎りが半分を取り、残った金のさらに半分を親五菜たちが、その残りを普通の五菜で分け合うとか」

「普通の五菜の手元に来るのは微々たるものだな」

「はい」

「手当の上前をはねるうえ、株の売り買いも取り仕切る。肝煎りはそうとう裕福だろうな」

「四百石と変わらぬそうで」

「それはすごいな」

四百石取りの旗本の年収は天領《てんりょう》の年貢《ねんぐ》に合わせて、四公六民から五公五民である。表高四百石とれる知行所《ちぎょうしょ》を与えられている旗本の収入は年貢の率によって変わるが、おおむね年収二百両ほどであった。

五菜の肝煎りは、それでいながら旗本に命じられている軍役などの義務が一切ないのだ。まるまる年収二百両となれば、かなり贅沢《ぜいたく》ができた。

「株はいくらくらいで売り買いを」

「正確にはわかりませぬ。噂でございまするが、二十両から三十両だとか」

「年二両二分一人扶持の身分としては高いな」

聡四郎はあきれた。三十両あれば、庶民ならば三年喰える。

「それ以上の余得があるという証明でございましょう」

なんともいえない顔を御広敷番頭がした。

「最近、五菜が替わったというが」

「……はい。肝煎りの権蔵から申し出がありました」

ほんの少し御広敷番頭の言葉が揺れた。

「気にするほどのことはない。拙者は目付ではないゆえな」

聡四郎は肝煎りから挨拶の金が出されたことに気づいた。

「…………」

無言で、御広敷番頭が頭をさげた。

御広敷に勤める役人たちの役料は少ないが、余得は多かった。御広敷へ出入りする商人たちからの付け届けがかなりあった。

といっても一人一人ではなく、役職ごとにまとめられてではあったが、けっこうな金額を節季《せっき》ごとに受け取っていた。

もちろん、長崎奉行や奥右筆などとは桁《けた》が違うが、元高《もとだか》百俵の貧乏御家人にしては、かなり生計《たつき》の助けとなる。

己は受け取らないが、世のなかを回すために要りようなものとして、聡四郎は咎《とが》めだてる気はなかった。

「勘定吟味役のころならば、厳しく詮議《せんぎ》を、と言うがな。御広敷ではいたしかたあるまい。なにせ、女相手だからな」

「そう言っていただけると」

御広敷番頭がほっとした。

「新しい五菜はどうだ」

「どうだと仰せられましても、別段なにも」

質問の答えに困ったのか、御広敷番頭が口ごもった。

「そこの詰め所におると思いまするが、呼びまするか」

「…………」

一瞬聡四郎は思案した。

「いや、今はやめておこう」

悩んだ末、聡四郎は首を振った。

「どのような男かだけ教えてくれ」

聡四郎が頼んだ。

五菜の格好は決まっていた。薄青い縹《はなだ》色の股引《ももひき》と唐桟《とうざん》の着物の上に紋付きを羽織り、尻端折《しりはしよ》りをして、腰に鑑札をくくりつけた短刀を差している。一目見ただけで、誰が誰かの区別をつけるのは難しかった。

「さよう……歳《とし》のころなら三十過ぎ、顎が張り、色浅黒く、がっしりとした肩幅の男でございまする」

思い出すようにしながら、御広敷番頭が語った。

「助かった。邪魔をして悪かった」

軽く詫びて聡四郎は、七つ口近くの御広敷番頭詰め所を出た。

「…………」

七つ口の土間に続く部屋が五菜の詰め所であった。真んなかに暖《だん》を取るために炉が切られ、それを三方から囲むように低い木の床があるだけの簡素な造りの詰め所のなかには、大勢の五菜がいた。

「どれも同じにしか見えぬな」

お仕着せの五菜たちが固まっている。横目でちらっと見ただけでは、とても区別はできなかった。

「上様にご報告だけあげておくか」

聡四郎は、用人部屋へと踵《きびす》を返した。

用人部屋へ戻った聡四郎のあとから、御広敷伊賀者が隣の伊賀者詰め所へと入った。

「どうした、木戸《きど》。七つ口番であったはずだぞ」

御広敷伊賀者組頭の藤川が怪訝な顔をした。

「水城が七つ口に来た」

木戸が告げた。

「なにをしにだ」

「御広敷番頭に話があったようだった」

藤川の問いに木戸が述べた。

「聞いたのだろうな」

「もちろん。どうやら五菜について訊いていたようだ」

「五菜……」

答えに藤川が首をひねった。

「そういえば、一人入れ替わったな」

「そのことについても尋ねていた。どのような男だと」

木戸が話した。

「一人の五菜を気にしたというわけだな」

「のように聞こえた」

藤川の確認に、木戸が同意した。

「その新しい五菜とはどんな男だ」

「侍のようだ」

放下《ほうか》という変装の術を伊賀者は遣う。変装したときばれないためには、その職をよく知ることがたいせつであった。歩きかたを見ただけで、伊賀者は正体を見抜くだけの目をもっていた。

「……侍が五菜に」

不審の声を藤川があげた。いかに実入りが多くとも、五菜の身分は低い。侍が好んでなるとは思えなかった。

「ただ、足運びなどは重いものを持つのにもなれているようであった」

「ふむ。もとの身分は低いか」

藤川が腕を組んだ。

「わかった。何人かつけよう」

「では、戻る」

用はすんだと木戸が、立ちあがった。

残った藤川が表情をゆがめた。

「郷から女どもが来るというときに、面倒な」

竹姫のことを調べるため、京へ出向いた聡四郎を御広敷伊賀者の依頼を受けた伊賀の郷忍が襲った。江戸で御広敷用人を害するのは、吉宗の手出しを呼ぶことになりかねないが、旅先での不慮《ふりよ》の事故は別だ。そう考えた藤川の発案は、失敗した。聡四郎と大宮玄馬によって、江戸から出した御広敷伊賀者も郷の忍も返り討ちに遭った。

伊賀者には復讐《ふくしゆう》の掟がある。依頼されて引き受けた仕事とはいえ、郷の者を殺されて黙ってはいられない。郷忍の頭領藤林耕斎《こうさい》は、江戸へ戻った聡四郎と大宮玄馬を殺すべく、大奥へ女忍を送りつけてきた。

「大奥へ入れる手配はたやすいが……」

四人くらいの女を大奥へ潜りこませるなど、御広敷伊賀者にとって簡単なことであった。目見えできる身分の女中としてならば無理だが、合わせて数百人にのぼる雑用掛かりのお末の顔など全部知っている者などどこにもいない。終生奉公ではなく、実家のつごうで辞めていく入れ替わりの激しいお末のことなど、御広敷伊賀者でさえ把握できていなかった。

「じゃまになるようならば片付けるだけとはいえ、用人が気にしているとあっては、うかつなまねはまずい」

最初の出会いから御広敷伊賀者と聡四郎の仲はずれた。八代将軍吉宗によって、御広敷伊賀者は本質である探索御用を失った。残ったのは大奥の警固という、忍でなくとも務まる役目だけ。このままだと聖徳太子《しようとくたいし》以来の忍の歴史は途絶え、残るは三十俵三人扶持の貧乏御家人だけとなる。伊賀者にとって吉宗の登場は、天正《てんしよう》年間の信長《のぶなが》侵攻以来の危機であった。

いわば吉宗は伊賀の侵略者である。その吉宗の子飼いである聡四郎が、御広敷伊賀者の上司、御広敷用人として赴任《ふにん》してきた。なにかあると思うのが当然であった。裏には吉宗への反発もあったとはいえ、藤川は聡四郎を狙った。手出しのできない吉宗の代わりとしての憂さ晴らしであったことも否定できないが、聡四郎の帰途を御広敷伊賀者は襲い、撃退された。

当たり前の話だが、以降、聡四郎と伊賀者は敵対していた。

「伊賀者が五菜を手にかけたなどと知られてみよ、用人から上様へ話が行き、組は潰される」

　藤川が震えた。

　吉宗の果断《かだん》さは、身に染みていた。

「よく見張らせるしかないな」

　配下が詰めている伊賀者番所へと藤川は足を運んだ。

　伊賀者番所は、詰め所と違って御広敷の建物から離れたところにあった。七つ口や御広敷に出入りする者が利用する御門を入った右手に小さな長屋のような形をして建っていた。そこに当番の伊賀者が詰め、出入りする者を見張っている。

「組頭」

　滅多に番所へ来ない藤川の登場に、当番の伊賀者たちが驚いた。

「手の空《あ》いている者はおるか」

「…………」

　藤川の問いに、無言で三人が手をあげた。

「……端田《はしだ》、富雄《とみお》」

「おう」

「はい」

呼ばれた二人が返事をした。

「最近五菜となった者を知っておるか」

「太郎のことでございますな」

端田が答えた。

「そやつを見張れ。ただし、なにをしようとも手出しはするな」

「承知」

富雄がうなずいた。

三

聡四郎の登城を見送ったあと屋敷に戻った大宮玄馬は、紅の命で音物の返品に駆けずり回っていた。

「これはご挨拶代わりでございまして」

贈りものを返してきたことにどこも驚き、受け取ろうとしなかった。便宜を図ってもらおうとの意図で出したものを引っこめるわけにはいかないのだ。

「主に言いつかって参りましたので」

ただの使いになにを言われても困ると、家臣の立場を表に大宮玄馬が音物を押しつけて店を出た。

「ふううう」

十軒も回れば、気疲れでへとへとになった。思わず大宮玄馬は嘆息《たんそく》した。

「あと一軒か」

水城家へ届けられた音物は三十をこえていた。一日ではとても終わらない。屋敷からの方向が同じところをまとめて動かないと、それこそ大変になる。

最後の一軒目指して、大宮玄馬は歩き始めようとして、ふと足下へ目をやった。見られている気がした。

小腰を屈《かが》めて履きものを調整する振りをして、大宮玄馬はあたりを窺った。

「後ろか」

目に入るところに引っかかるものはなかった。となれば、死角となる真後ろしか考えられなかった。気を配っても相手が見つからないと、勘違いだとしてしまいがちである。しかし、それは命取りとなった。

忍との戦いは虚実《きよじつ》であった。来ると見せかけて引き、逃げると思わせて襲う。頼れるのは、己が積んできた修行だけであった。

剣士の修行には見切りというのがあった。狭義《きょうぎ》でいえば、相手の切っ先と己の身体との距離を見抜くことをいうが、広くとれば敵との間合いすべてを感じるという意味もあった。

気のせいだと大宮玄馬は考えず、ふたたび歩き出してからも背中に集中していた。

「気づかれたな」

後をつけていたのは左伝であった。

ほんの少し大宮玄馬の歩きかたが変わったことで、左伝が覚《さと》った。

油断しているときと後ろに集中している場合では、背中の筋の形が変わった。集中すればどうしても緊張する。剣客として修練を積み重ねてきた剣士の背中は大きく張っている。どうしてもそのぶん着物が張りついた感じになる。いかに着物で隠されていようとも、緊張して筋に力が入れば、変化が出た。もっともそれを見抜くには、相応の目を持たねばならず、かなりの鍛錬が要った。

「今日はここまでだな」

左伝は潔《いさぎよ》くあきらめた。

ばれているのに無理をすれば、こちらの正体を見つけられてしまう。腕の立つ剣士というのは、それだけ周囲への気配りがすさまじかった。

「伊賀者では勝てぬはずだ」

踵《きびす》を返しながら、左伝は独りごちた。

忍の戦いは闇である。気づかれないように近づき、必殺の一撃で相手を仕留める。一撃離脱こそ本質であった。しかし、その大前提である奇襲がきかないのだ。一定の間合いに入った瞬間、狙っていることに気づかれて対応されてしまえば、奇襲したつもりでぎゃくに待ち伏せを喰わされる。身軽さを身上《しんじょう》としている忍である。身に鋼鉄などまとっていない。斬りつけられれば、防げないのだ。まともに向かい合えば、刀の扱いに慣れている剣士の敵ではなかった。

「突き詰めていけば、忍も剣士も同じ。どちらが先に相手を見つけ、有利な戦いに持ちこむか。そのことを伊賀者はわかっていない」

忍失格の烙印を押され、伊賀から出された左伝は剣客の道を選んだ。そのお陰で忍も剣客もとどのつまりは、身体と技でしかないことにたどり着けた。

「要は油断なきほうが勝つ」

真実であった。

左伝は後ろを振り返ることなく、去っていった。

「気配が消えた」

大宮玄馬はすぐに背中にあった目がなくなったことに気づいた。

「…………」

足を止めた大宮玄馬は振り返った。

「……あやつか」

大宮玄馬は遠くに脇目もふらず去っていく左伝の後ろ姿を見つけた。

「浪人者のようだが……」

主持ちと浪人では雰囲気が違った。主持ちはどこであろうと、主君の名前を背負っている。なにがあっても主家《しゅか》の名前を汚すことは許されなかった。となれば、侮《あなど》られることのないように、もめ事に巻きこまれないように、気を張らざるをえない。

対して浪人者が背負っているのは、己の命だけである。なにがあっても己の責だけですむのだ。なかでも腕に覚えがあれば、怖いものなどなにもない。そのぶん堂々とする。絡まれれば負けの主持ちと、絡まれたならば勝ちに近い浪人者では、身形《みなり》では隠せない差があった。

「……やめておこう」

一瞬、後を追いかけかけて、大宮玄馬はあきらめた。

「用を果たすのが先だ。拙者への意趣遺恨《いしゅいこん》ならば、一人で負わねばならぬ」

主持ちは己の命より、主命を重んじた。

大宮玄馬は警戒を緩《ゆる》めることなく、残った一軒へ向かった。

「見つかったか。やはりだめだな」

二人の様子を離れたところから右京が見ていた。

「忍になれぬものは、なにをさせても半人前だ」

右京の言葉にもう一人の伊賀者がうなずいた。

「なぜ組頭は、あのような半端者《はんぱもの》に任せるのか、わからぬ」

「使い捨てるつもりであろう」

「従者と相打ちになってくれれば、上出来というところか」

小さく右京が笑った。

「周防《すおう》、相談がある」

右京が言った。

「なんだ」

周防が応じた。

「手伝ってくれ」

「……おぬし、やる気か」

少し周防が声を低くした。

「あの兄のお陰で、どれだけ苦労させられたか。役立たずの血筋と嘲笑《あざわら》われたのだ」

陰鬱《いんうつ》な表情で右京が語った。

「伊賀者の嫡男に生まれながら、忍の才がない。伊賀者の家にとっては致命傷だ。まだ我が家はよかった。拙者がいたからな。だが、子供が一人しかいなく、その一人に忍の能がなければ、家は絶える。吾が百地家の血がそう見られた」

「…………」

周防は沈黙した。

「兄の汚名をそそぐべく、必死に修行を積んだ。今御広敷におる誰よりも厳しい鍛錬をしたとの自負もある。忍の技で人後に落ちぬ自信もある」

「それは認めよう。右京、おぬしは御広敷伊賀者でも屈指の遣い手だ」

はっきりと周防が認めた。

「ならばなぜ、吾に嫁の話が来ぬ」

「…………」

ふたたび周防が黙った。

伊賀者は組内だけで縁を重ねてきた。これは伊賀の技を他所に漏らさないためだが、同時に長年かけて作りあげた忍にむいた身体を産み出す血筋を守るためでもあった。

そこから右京の家、百地ははずれた。

忍に適さない嫡男が出た。それだけで、百地の家は忌避《きひ》された。これがまだ次男以降ならよかった。嫡男に才能があれば、次男以降は忍とならず、市井《しせい》に潜む草《くさ》となり、目立つことなくすんだ。だが、家を継ぐべき長男に顕《あらわ》れては隠しようがなかった。

「百地の血が疑われているのだ」

血を吐くように右京が言った。

娘を嫁に出して、その子が忍になれなければ、今度は娘の血筋まで疑われる。親としてではなく、伊賀者の当主《とうしゅ》としてそれはできなかった。

「それを払拭《ふっしょく》したい。郷の腕利きが勝てなかったあの従者に、吾が勝てば……」

「おぬしは郷忍をこえる稀代《きだい》の忍となる」

周防が述べた。

「さすれば、百地の血にかけられた侮蔑《ぶべつ》も消えよう」

「たしかにな」

右京の言葉に周防がうなずいた。

　適さない血を排する。これは逆にいえば、腕利きの血を欲しがるとの意味になった。事実、御広敷伊賀者きっての腕利きと言われた者には、降るような縁談が舞いこむ。それこそ、組内の適齢の女から選び放題なのだ。

「やってくれぬか」

「ふむ。用人への手出しは禁じられているが、従者についてはは制止されておらぬ」

提案に周防が述べた。

「すまぬ」

「手柄は半分ずつだ。吾もまだ独り身ゆえな」

周防が笑った。

「わかっておる。で、どうする」

「帰りを襲う」

手段を問うた右京に、周防はときを示した。

「よかろう。他人目《ひとめ》のなくなったところでやろう」

「方法は」

今度は周防が尋ねた。

「前後からの挟み撃ちがよかろう。いかに遣い手でも同時には対処できまい」

「まず手裏剣で襲い、体勢を崩したところへ襲いかかる。もちろん、手裏剣は牽制《けんせい》ではなく、必殺の一投でな」

右京の提案に周防が付け加えた。

「これは伊賀の掟ではない」

「己のため」

うなずいた二人が、大宮玄馬の後を追った。

「……馬鹿が」

背中で気配を探っていた左伝が遠ざかりながら苦い顔をした。

最後の一軒でも同じ問答を繰り返した大宮玄馬は、ようやく帰途に就いた。

「そろそろ殿のお迎えの刻限だな。一度戻るより、まっすぐ向かったほうがよさそうだ」

すでにときの鐘は暮れ七つ（午後四時ごろ）を報せていた。大宮玄馬の足でも、ここから江戸城大手までなら半刻（約一時間）はかかる。

大宮玄馬は足を速めた。

「屋敷ではなく、城の方向だな」

「ああ」

右京と周防は、大宮玄馬の後ろ一丁《ちよう》（約百十メートル）ほどの位置でつかず離れずの距離を保っていた。

「ここからならば、神田駿河台《するがだい》を通るな」

「おそらく」

「そこでやろう」

周防が告げた。

「待て。あのあたりは、武家屋敷が多い。下城時刻ともなれば、人出も増える。目立つぞ」

驚いて右京が制した。

「それがいいのだ。あのあたりならば、武家の恰好をしていれば、いて当然なのだ。誰も注意などせぬ。それはあやつも同じ。そうして近づき、一気に勝負を決める。我ら忍の勝負は、勝ち名乗りをあげて手柄を誇るものではない。目的を果たすことが誉《ほま》れぞ」

「……たしかに」

「となれば、急ごう。先回りをして、地の利を作っておかねばならぬ」

「だな」

右京が首肯し、二人は大宮玄馬の先回りをするために、辻を曲がった。

「……いなくなった」

左伝のお陰でずっと気を張っていた大宮玄馬は、あらたに感じていた違和感が消失したことを覚った。

「さきほどの者とは、あきらかに感触が違った。別口《べつくち》となれば、伊賀者か。ならばあきらめたのではあるまい。前へ行ったか」

伊賀者の執念は、京への旅で大宮玄馬も思い知っていた。

「羽織を脱ぎたいところだが……」

袖《そで》の大きな羽織は、太刀を振るときの邪魔になる。真剣勝負などでは、羽織を脱いだうえ、着物にたすき掛けをするのだ。

「それだとばれる」

先ほどまで身につけていた羽織がないとなれば、待ち伏せに気づいていることを公表しているようなものであった。また、武家の家士が公用の最中に羽織を脱ぐなどとんでもなかった。

「鯉口《こいぐち》だけ切っておくか」

大宮玄馬は、太刀《たち》と脇差《わきざし》、両方の鯉口を切った。

太刀や脇差がなにかのおりに抜け落ちないように、締め付けているのが鯉口である。不意に出た刃での怪我《けが》を防ぐ非常に有効なものであったが、咄嗟《とっさ》のときに鯉口を切るという動作をしなければならず、瞬《まばた》きするほどとはいえ、手間となった。

続いて腕の動きを少しでも楽にするため、大宮玄馬は羽織の紐をゆるめにしなおした。

「いつでも来るがいい」

口のなかで気合いを入れ、大宮玄馬は進んだ。

神田駿河台は江戸城に近い。ここに屋敷が与えられているのは、旗本でも名門ばかりであった。石高も多く、屋敷もかなり広い。役付の旗本も多く、下城時刻に近くなると、当主を迎えに行く家臣や、早めに役目を終えた旗本などで混《こ》み合う。

江戸には、侍は左側を通るという慣例があった。これは右だと鞘《さや》の出っ張っている左同士で相手と行き交うことになるからである。武士の魂とされている刀を納めた鞘にあたることは、非常な無礼とされ、ことと次第では命がけになる。

整然と左右に分かれて歩む侍たちの姿は、厳粛《げんしゅく》でありながら、圧巻《あっかん》であった。

「来たぞ」

少し先の辻で右京と周防が待っていた。

「では、拙者が前から行く。後ろから頼む」

右京がもう一筋先回りするため、走っていった。

人というのは敏感なものである。あまり長く見つめていると気づかれてしまう。一目で大宮玄馬との間合いをはかった周防は一度後ろへ下がった。うまく辻を出たところで大宮玄馬の背中につけるよう、機を待ったのである。

「……三、二、一」

数を唱えた周防が、歩き出した。さきほど見た大宮玄馬の歩く速さに合わせながら、辻へと向かった。

「…………」

辻へ出るところで、大宮玄馬が目の前を過ぎた。あわてず、周防はゆっくりと辻を曲がった。

三間《げん》（約五・四メートル）ほど開けて大宮玄馬の後ろについた周防が、正面から近づいてくる右京を見た。

「……八間（約十四・四メートル）か」

右京との間合いを見て、周防が懐《ふところ》へ手を入れた。

「…………」

大宮玄馬はどこを見ているわけでもなかった。いつ襲われるか、誰が敵かわからないときは、目を固定してはいけないのだ。焦点を一人に集めてしまうと、その周囲がぼけて見えにくくなる。見つめている相手が敵ならばいいが、囮《おとり》であったり無関係だった場合、対応に遅れが生じる。

すべての風景を大宮玄馬は瞳にひとしく映していた。

数歩進んだところで、大宮玄馬の見ている景色に変化が出た。反対側を歩いてきた若い侍が、さりげなく左手に持っていた手拭《てぬぐ》いを懐へしまおうとした。

懐へ入れた手が浅い。手拭いを入れるならば、もう少し奥へ突っこまないと少し屈んだだけで落としかねない。

わずかな違和感だったが、大宮玄馬は直感に従った。

すばやく脇差へ手をかけるとためらわずに抜いた。

「……はつ。……え」

手拭いを入れた振りをして、懐に忍ばせていた棒手裏剣を放った右京が、息をのんだ。

外す距離ではなかった。すでに間合いは三間を切っていた。手裏剣で必殺のはずだった。それが、弾《はじ》かれた。

合わせて投じられた周防の手裏剣は、大宮玄馬の足捌《あしさば》きで避けられた。手裏剣を放つとき、ほんのわずかながら周防が漏らした殺気に大宮玄馬の身体が反応した結果であった。

「馬鹿なっ」

あわてて刀を右京が抜こうとした。

「なぜっ」

周防も唖然としながら、太刀を抜いた。

「狼藉者《ろうぜきもの》でござる」

大宮玄馬が大声で叫んだ。

忍にはできないまねであった。密かにすべてをすませる忍にとって衆目《しゅうもく》を集めるのは、とんでもなかった。

「なんだ」

「争いだぞ」

辺りにいた人々が驚愕の声をあげた。

「こいつっ」

沈着冷静な忍が、焦《あせ》った。

「死ねっ」

後ろから周防が斬りつけたが、背後に敵がいるとわかれば対応は難しくなかった。気づかれずに襲うからこその不意打ちなのだ。

不意打ちは失敗した段階で、有利が不利に変化する。焦りが心を波立たせ、平常心を失う。余裕をもって大宮玄馬はかわし、周防へ斬りつけることなく、屋敷の壁を背負うように移動した。こうすれば、少なくとも背後は気にしなくてすむ。なにより、前後からの挟み撃ちを、左右からのものに変えられ、敵の姿を目のなかに納められる。

「おのれっ」

左から右京が太刀を振りあげて迫ってきた。

太刀と脇差では、間合いが違う。当然刃渡りの長い太刀が早くに間合いに入る。対して脇差は軽い。

大宮玄馬の得意とする小太刀は、先手を打たれても追いつくだけの疾さをもっていた。

「やあ」

鋭い気合いで、大宮玄馬の脇差は右京の太刀を下から弾きとばした。

「おうっ」

両脇の空いた右京へ追撃をかけようとした大宮玄馬だったが、後ろからの殺気を感じて振り返った。

「…………」

無言で周防が一撃を出していた。

「……ふん」

動きかけた体勢を踏ん張って留《とど》め、腰を大きく落としながら、大宮玄馬は脇差を薙《な》いだ。

「ちっ」

大きく周防が後ろへ跳んだ。大宮玄馬の一刀は、踏みこんで来た周防の左膝を狙ったが、逃げられたことで空《くう》を斬った。

「死ねっ」

背中を向けた大宮玄馬へ、右京が太刀を落とそうとした。

「よせ。失敗だ」

一気に仕留めなければ、他人目の多さは忍にとって致命傷となる。

「……ううう」

周防の制止に右京がうなったが、すぐに下がった。

「いくぞ」

短く告げて周防が逃げ出した。

「わかっておる」

うなずいて反対側へと右京が走った。

「…………」

大宮玄馬はどちらも追わなかった。本気で逃げ出した忍には、追いつけないとわかっていたからである。

「だいじござらぬか」

「なにがござったので」

周囲の人々が口々に訊いてきた。

「お気遣いかたじけのうございまする」

脇差を鞘へ納め、太刀の鯉口を締めてから、大宮玄馬は頭を下げた。

「不意のことでなにがなにやらわかりませぬ」

大宮玄馬は首を振った。

「身に覚えは……」

「あれば、誰かわかるのでございましょうが」

中年の家士らしい男の問いに、大宮玄馬は嘆息した。

覚えなどいくらでもあった。剣士として、聡四郎の家士として主を守るため、幾多の敵を屠《ほふ》ってきたのだ。恨みを買っていることは自覚していた。しかし、ここで語るのはまずかった。

「しかし、一人を二人で、それも名乗りもせずに不意を襲うなど、あちらにやましいことがある証拠でござろう」

別の家士が口を出してくれた。

「でござろうな」

一同が納得した。

「お陰さまをもちまして、怪我もいたしておりませぬ。お足を止めまして申しわけございませなんだ」

「お目付衆にお届けなさらずともよいのか」

「主が役目に就《つ》いておりますれば……」

大宮玄馬は言葉をわざとにごした。

役人にとって目付は鬼門《きもん》である。老中といえども、目付の糾弾《きゅうだん》を受ければ無事ではすまないのだ。周囲にいた家士たちも、そのあたりの事情はわかっている。

「お怪我もないとなれば、大事《おおごと》にせぬほうがよろしかろう」

「でござるな」

歳嵩《としかさ》の家士の世慣れた言葉で、騒ぎはおさまった。主持ちは誰でももめ事にかかわりたくはないのだ。

「では、ごめんを」

名乗ることもなく、大宮玄馬はその場を離れた。

「ふうう」

少し行ったところで、大宮玄馬はほっと肩の力を抜いた。

「斬らずにすんでよかった」

剣士である。真剣で挑まれれば、相手の命を奪うことにも躊躇《ちゅうちょ》はしない。だが、あれだけの他人目《ひとめ》があるところで、不意を襲われたからといって人を斬れば、目付の取り調べを受けるのは避けられなかった。そうなれば、当然、主の聡四郎にも影響は及ぶ。

主君を巻きこむことは、家士として絶対してはならないことであった。

「手裏剣を撃ってきた。やはり伊賀者であろうな」

大宮玄馬は相手をほぼ特定した。

「主に報告をいたさねば」

黙っているという選択肢はなかった。旅先だけでなく江戸でも襲ってきた。これを知っているかどうかで、心構えが違う。大宮玄馬は、聡四郎のもとへと、足を速めた。


右京と周防が勝手なまねをしたと知らない伊賀者組頭藤川義右衛門のもとに四人の女が座っていた。

「郷から参りました。わたくしは袖《そで》、後ろ右から澪《みお》、弥曾《やそ》、孝《こう》にございまする」

一同を代表して袖が告げた。

「御広敷伊賀者組頭の藤川である。郷の藤林どのより委細《いさい》は聞いておる。一同、大奥へ入りたいとのことだが、二人ぐらいにしておいたほうがよいと思う」

「それはまたなぜでございましょう」

袖が厳しい表情をした。そのための金が郷から藤川へ支払われている。

「大奥に入ってしまうと出にくい」

「そのようなこと、わたくしどもにとっては、簡単なことで」

藤川の言葉を袖が笑った。

「我ら伊賀者の範疇《はんちゅう》は大奥だけぞ。中奥《なかおく》から向こうは御庭之者、内堀からなかは甲賀者《こうがもの》が結界《けっかい》を張っている」

「………」

袖が黙った。

「連絡役と同時に城の外で水城らを狙う者も要る。大奥へは二人でよかろう」

「……わかりましてございまする」

金は払ったとはいえ、今後便宜を図ってもらわねばならないのだ。袖が首肯した。

「なかへはいるのは……」

「では、わたくしと澪が」

袖が手をあげた。

「おまえはやめておけ」

一言で藤川が拒んだ。

「なぜでございまするか」

きつい目で袖が睨んだ。

「美しすぎる。目立っては意味がないだろう」

「…………」

藤川に言われて、袖が黙った。

「そうだの。澪と孝、おまえたちが大奥へ入れ。そこにお末のお仕着せを用意した。準備ができ次第大奥へ行く。いつでも応じられるよう、ぬかりなく用意しておけ」

「我らはどこの局へ」

「この度、竹姫さまのご実家からお付きの女官が来る。おそらく中臈となるであろう。となれば、局を一つ作ることになる。そこのお末になってもらう」

問われた藤川が答えた。

「残りの我らは」

「水城家に近い本郷竹町《ほんごうたけちょう》に町屋《まちや》を一軒借りてある。水城が登城するときに通ることもある道が見張れるところだ。そこに住めばいい。家賃は今月分まで支払ってあるが、来月からはそちらでもて」

袖の質問に藤川が述べた。

「あと、今後は組屋敷へ足を踏み入れるな。我らは見て見ぬ振りしかせぬ。頼るな。それが掟だ。自らなしてこそ復讐はなる」

「……承知」

告げる藤川へ、短く袖が応えた。

第三章　女の恨み

一

竹姫が戸惑っていた。

「実家《さと》から女中が」

「はい、まもなくお着きになるそうでございまする」

お付きの中臈が報告した。

「今ごろなぜ」

怪訝な顔で竹姫が問うた。

竹姫が江戸に来てから十年近くになる。その間、実家である清閑寺からなにかしてもらったという記憶はなかった。三歳で実家を離れ、ずっと江戸の大奥に暮らしした竹姫、京へのあこがれはあっても郷愁《きょうしゅう》はない。実家とは何度か手紙をやりとりしたが、ほとんど形式でしかなく、竹姫がなにかを強請《ねだ》ったこともなかった。

「わかりかねまする」

中臈が首を振った。

この中臈は、竹姫が江戸城大奥へ入ったときに、大典侍の局が付けてくれた者である。竹姫にとって母親代わりといっていい。

「新しい人と顔を合わすのは、少し嫌なのだけど。でもお断りするわけにはいかないのでしょう」

竹姫が嘆息した。

「はい」

中臈がうなずいた。

「ならばしかたありませぬ。要りような手配を」

付き人が増える。それも京から来る女となればかなり高位の身分をもっている。なにせ、公家《くげ》屋敷の掃除などを担当する小者でさえ、従七位《じゅしちい》くらいの官位を与えられるのだ。下働きの女中同様とはいかない。住まいする局だけでなく、手当も幕府から支給されるように手配をしなければならなかった。

「承知いたしておりまする」

嫌そうな顔をしながらも命じる竹姫に中臈が笑った。

「無礼ですよ。鹿野《かの》」

笑われた竹姫がすねた。

「申しわけございませぬ」

微笑みながら鹿野が詫びた。

「それと姫さま」

「なに」

竹姫が小首をかしげた。

「上様へのお礼をいたさねばなりませぬ」

「このあいだの食事の」

鹿野の言葉に、竹姫が確認した。

「さようでございまする。上様よりのお誘いをお受けになられたわけでございますから、お返しをいたしませぬと」

「……どうすればよろしいのかしら」

今まで竹姫は大奥にいながら、腫《は》れもの扱いであった。なにせ、六代将軍家宣が忌《い》み嫌った五代将軍綱吉の養女であり、二度の婚約とも相手に先立たれるという不吉な過去をもっていた。

六代将軍家宣は、顔見せだけで以後いない者としたし、七代将軍家継にいたっては、まともにしゃべったこともなかった。

もし、家継が早世《そうせい》しなければ、竹姫はいずれ落髪を強《し》いられ、大奥から桜田辺《さくらだあた》りの御用屋敷へと移されることとなり、顔を見たことさえない二人の死んだ許婚《いいなずけ》の菩提《ぼだい》を弔う一生を送ることになるはずであった。

それが、八代将軍吉宗の登場で変わった。

誰も相手にしなかった竹姫を、吉宗は将軍の娘にふさわしい対応で接待したのだ。

たしかに竹姫は、養女とはいえ五代将軍の娘であった。そして、系統は絶えずを旨《むね》とする将軍家はかならず前将軍の息子でなければならないことから、吉宗は家継の養子となっており、綱吉からみれば、曽孫《ひまご》であった。八歳で死んだ家継に三十三歳の子供など、あり得ない話だが、形からいけば竹姫は吉宗の大叔母《おおおば》にあたる。

吉宗は目上扱いはしなかったが、竹姫を一門《いちもん》として遇《ぐう》した。その一環として、吉宗は竹姫を夕餉《ゆうげ》に招き、歓待した。

「お食事に招くとなれば、なかなか手配も難しゅうございまする」

竹姫の相談に鹿野が応じた。

大奥は吉宗にとって敵地であった。そこで用意されたものを食べるなど、ありえなかった。先日の食事も御広敷で調理されたものをわざわざ持ちこんだほどなのだ。

「お茶なら大丈夫……」

「はい。お茶ならば、毒味もいたしやすく、用意も簡単でございまする」

鹿野が賛意を表した。

「わたくしの局にお迎えするの」

「それはできませぬ」

はっきりと鹿野が首を振った。

「将軍を自室に招けるのは、ただ御台所お一人だけでございまする」

「そう」

うなずきながら、竹姫の頰が少し染まった。

「どうかなさいましたか」

「少し思い出しただけ」

竹姫が首を振った。

食事のおり、吉宗は竹姫が欲しいと宣していた。女として天下の主に求められたのだ。ただ生きているだけで、女として嫁に行き、子をなし、育てるというすべてをあきらめていた竹姫にとって、吉宗の欲望は大きな一石《いっせき》となっていた。

「さようでございますか」

それ以上鹿野は追及しなかった。

「では、野点などいかがで」

「野点……公方《くぼう》さまはお見えになれるの」

月を見ながらというのもないわけでもないが、野点は基本明るいうちにおこなわれる。

「日時は上様へお任せすることとなりましょう」

鹿野が告げた。

「そう。では、お願いを」

「はい。ですが、どうせならば、新しいお付きの中臈のお目通りも兼ねてはいかがでしょうか。あと十日ほどで、大奥へあがって参りましょうほどに」

「十日も待つ……」

少し竹姫が躊躇した。

「その前にお呼びして、また後日新しい中臈のお披露目《ひろめ》では」

「続けて二度も上様をお呼びしては、なにかと……」

竹姫の願いに鹿野が申しわけなさそうな顔をした。

「天英院さまのご気色《きしょく》が芳《かんば》しくなくなる」

「……………」

無言で竹姫の言葉を鹿野が認めた。

天英院は五摂家《ごせっけ》の近衛家の出である。対して竹姫は名家《めいけ》清閑寺の娘でしかない。清閑寺は藤原北家《ふじわらほっけ》の流れをくむ、いわば分家筋なのだ。本家の姫の機嫌をそこねるわけにはいかなかった。

「……お願い」

そう言って竹姫は、委細を鹿野に託した。


竹姫から吉宗を野点にという誘いは、大奥表使《おもてづかい》をつうじて御広敷へともたらされた。表使は、奥女中としてさして地位の高いものではないが、幕閣《ばっかく》や出入りしている商人、かかわりのある諸大名、寺社などとの交渉を担う役目で、家柄よりも本人の能力で選ばれた。大奥の買いもののいっさいを許認可する権を与えられていたことから、地位以上に力を持っていた。

御広敷には下《しも》の御錠口があった。その中奥側、大奥側のどちらにも役人応接の間があり、大奥から人が来たときは、御広敷側で交渉がおこなわれた。

「竹姫さまからの御用か……」

話を終えて御広敷用人控えの間に戻ってきた小出半太夫が難しい顔をした。

御広敷を統轄《とうかつ》する御広敷用人であるが、その本態は大奥に住まいする将軍の息子や姫の一人の世話を担当する。竹姫は不幸なことに忘れられた将軍の娘であり、用人が決められていなかった。つまり、誰の担当でもなかったのだ。

「さしたることではないとはいえ……」

茶会の手配くらいならば、側用人《そばようにん》と打ち合わせるだけですむ。だが、それをすれば、その茶会への責任が生じた。

将軍と大奥の仲はよくなかった。さすがに大奥で吉宗の命を狙う愚かなまねはしないだろうが、多少の嫌がらせくらいはあってもおかしくはない。

茶会に出た吉宗の機嫌が悪くなれば、それこそ担当した御広敷用人に八《や》つ当《あ》たりがこないとはかぎらないのだ。閑職への左遷《させん》、罷免《ひめん》、いや厳格な吉宗のことだ、お家断絶《だんぜつ》もありえた。

「あいにく拙者はいま、若さまの御用で忙しいのでな」

小出半太夫は、吉宗の次男小次郎《こじろう》付きを命じられている。

「どなたか……」

控えの間の用人たちを小出半太夫が見たが、誰も名乗りでなかった。

「おられぬのか」

小出半太夫が苦い顔をした。

「……小出どの」

一人の御広敷用人が声を出した。

「なんじゃ」

不機嫌さを露わに小出半太夫が訊いた。

「上様へのお誘いでございまするな」

「そう言ったはずだが」

御広敷用人の問いに小出半太夫が聞こえていなかったのかと言い返した。

「……ならば」

一瞬鼻白んだ御広敷用人が、続けた。

「上様お係の用人の仕事でございましょう」

「おう。そうじゃの」

小出半太夫が手を打った。

「えっ」

聡四郎は蚊帳《かや》の外から一気に中央へ動かされて、驚愕した。

大奥にかかわる手続きなど、まったく知らないうえ、吉宗から竹姫のことを報されていたため、小出半太夫の話を無視していた。その聡四郎へ白羽《しらは》の矢《や》が立ってしまった。

「上様付きの御広敷用人にお任せする」

そう告げて、小出半太夫はさっさと聡四郎から離れた。

「…………」

嘆息したいのを聡四郎は耐えた。ここで不満げな顔でも浮かべれば、小出半太夫からどれだけ嫌みを言われるかわからない。

聡四郎は立ちあがって、御広敷用人控えの間を出た。

「まずは上様にお話しせねばならぬ」

なにより吉宗のつごうが第一であった。

吉宗に会うためには、まず御側御用取次《おそばごようとりつぎ》と面会しなければならなかった。これも御庭之者同様吉宗が新設した役目であった。

七代将軍家継が幼かったため、幕政のすべては老中たちの思うがままとなっていた。それを将軍の手に取り戻すべく、吉宗は老中たちの力を削《そ》ごうとした。いつでも将軍に会えるという老中の慣例を吉宗は奪った。

吉宗は誰であれ目通りを願う者は、御側御用取次を介《かい》さなければならないと決めたのだ。御側御用取次には、もちろん紀州から連れて来た腹心《ふくしん》をあてた。吉宗への忠誠心では誰にも負けない御側御用取次は、老中の権威にも屈しない。

「そのような御用では、上様へお話しいたしかねまする」

きっぱりと面会を拒絶できた。

「無礼な」

怒る老中もいるが、将軍が認めているのである。反抗は己の立場を危うくするだけであった。

将軍の居間は、中奥の御休息《おきゅうそく》の間である。かつてはもう少し御用部屋に近い御座《ご》の間を使用していたが五代将軍綱吉のとき、大老堀田筑前守正俊《たいろうほったちくぜんのかみまさとし》が若年寄稲葉《わかどしよりいなば》石見守正休《いわみのかみまさやす》によって刺殺されるという事件があり、安全をはかるためより奥に近い御休息の間へと変更されていた。

御側御用取次は、御休息の間の下段に詰めていた。

「御用掛《が》かりどのへ」

御休息の間下段外、畳敷廊下に膝をついて、聡四郎は面談を求めた。

「誰じゃ……おおつ、水城ではないか」

顔を出したのは加納近江守久通《かのうおうみのかみひさみち》であった。

吉宗が紀州藩主になる前から仕えていた加納近江守は側近中の側近であり、聡四郎とも面識があった。

「上様か」

「はい。大奥より……」

慣例にしたがって、聡四郎は用件を述べようとした。

「ああ。よい。上様より水城が来たときは、すぐに通せと命じられておる。ついて参れ」

話をさえぎって加納近江守が聡四郎を誘《いざな》った。

「……はい」

さっさと背を向けて御休息の間へ入っていく加納近江守へ、是非を確認するわけにもいかず、聡四郎は後に従った。

「上様」

「なんじゃ」

寵臣《ちようしん》の呼びかけに吉宗が応じた。

貴人へ用件を伝えるには、その了承が要った。いきなり用件を口にすることは、非礼であった。

「御広敷用人水城聡四郎、お目通りを願っておりまする」

吉宗の応答を受けて、加納近江守が告げた。

「聡四郎がか、許す」

「これに控えおりまする」

一間離れただけで、吉宗の目にも当然聡四郎は映っている。だが、このくだりは前提としておこなわなければならなかった。

「近くにこい」

手招きを吉宗がした。

「ごめんを」

一度平伏してから、聡四郎は膝でするようにして腰を二度ほど振った。

「近《ちこ》う」

もう一度吉宗が呼んだ。

「はっ」

聡四郎は動かず、同じ形をした。

「参れ」

三度言われて、ようやく聡四郎は上段の間と下段の間の境へ進んだ。この無駄なやりとりには、ご威光に圧され、近づけませんという臣下の恐縮が含まれており、貴人の前ではかならずこうしないとならなかった。

「そなたは、そのようなまねをせずともよいのだ。親子ではないか」

吉宗が許した。

「そういうわけには参りませぬ」

聡四郎は、吉宗の周囲にいる小姓や小納戸《こなんど》たちの注目が集まるのを感じて、苦い思いであった。将軍から特別扱いを受けるというのは、寵臣であるとの証《あかし》である。かつての松平《まつだいら》伊豆守信綱《いずのかみのぶつな》、柳沢《やなぎさわ》美濃守吉保《みののかみよしやす》、間部越前守詮房《あきふさ》らを見てもわかるように、数百石から大名へと引きあげられ、幕政を担う。

吉宗の態度は、聡四郎をそうしたがっているようにも取れる。とくに将軍の周り《まわ》に仕えている者たちは、他人の出世に敏感である。己が出世の花道にいると知っているからだ。

そんな小姓や小納戸の前で、このようなあつかいをする。先だっての勘定奉行云々《うんぬん》を含め、吉宗がわざとやっているのは、聡四郎にもわかった。

ただ、将軍親政を目標としている吉宗が、政を一任するような寵臣を作るはずない。なにを考えているのか、聡四郎には吉宗の言動が理解できなかった。

「上様」

じっと聡四郎は吉宗を見た。多少の非難を目にこめた。

「ふん」

鼻先で吉宗が笑った。

「で、父に何用じゃ。紅との間がうまくいかぬというのか」

それでも吉宗はやめなかった。

「……竹姫さまより、願いの儀がございました」

「竹どのからじゃと」

吉宗の表情が変わった。形だけとはいえ、竹姫は吉宗の大叔母にあたる。吉宗が姿勢をただした。

「申せ」

「先日のご夕餉《ゆうげ》の御返礼をいたしたく、野点の席をもうけたいとのこと」

「野点か」

聡四郎の言葉に、吉宗がほんの少しだけ身を乗り出した。気にしていないとわからないていどであったが、竹姫を気に入ったと言った吉宗を見ている聡四郎には、逸《はや》っているように見えた。

「上様のご都合をお伺いしたいと」

「躬の都合か。近江守」

吉宗が加納近江守へ顔を向けた。

「この十日以内で、昼二刻《ふたとき》（約四時間）ほど空けられるか」

「三日先の昼八つ（午後二時ごろ）からでよろしければ」

間髪を容れず、加納近江守が答えた。

「うむ。それでよい」

「お待ちくださいませ」

話が決まりかけたのを聡四郎が止めた。

「なんじゃ」

口をはさむ許可を吉宗が与えた。

「竹姫さまより、ご実家から新たに来る女中のお目見えも兼ねたいとのお申し出がございました。できれば十日以降先でお願いしたいとのご希望でございまする」

聡四郎は竹姫の願いを伝えた。

「……実家から」

聞いた吉宗の表情が一瞬締まった。すぐに戻した吉宗が、腰をあげた。

「野点の稽古をいたす。庭の四阿《あずまや》に茶会の用意をいたせ。近江守、聡四郎、相伴《しょうばん》を命ずる」

さっさと吉宗が歩き出した。

「た、ただちに」

小姓、小納戸が走った。

吉宗の短気は、就任わずかで誰もが知るところとなっていた。

「武士はいつも戦場にあると思え」

そう言い、己も質素倹約、即断実行するのだ。その代わり、怠惰《たいだ》な家臣には厳しい。反応が鈍いだけで、お役を取りあげるくらいは平気でやる。主君の機嫌を損ねる怖さを、もっとも近くで控える小姓や小納戸は身に染みていた。

さすがに吉宗が、四阿へ着くまでに野点の用意はできなかった。それでも、さして待たせることなく、四阿の前に茶会の準備が整った。

「躬が亭主を務める。近江守、そなたが正客《しょうきゃく》じゃ。聡四郎、そなたは次席である」

「承知いたしました」

「はっ」

加納近江守も聡四郎もうなずいた。

二

「他の者どもは、興《きょう》を削ぐゆえ、少し離れておれ」

吉宗が他人《ひと》払いをした。

風炉《ふうろ》が松籟《しょうらい》を奏《かな》でるまでの間に、吉宗が話を始めた。

「聞いていたか」

まず吉宗が加納近江守へ問うた。

「いいえ。新たに大奥へ仕える者が来るとは初耳でございました」

加納近江守が首を振った。

「清閑寺に余裕はあると思うか」

「女中一人ならば、差し出せましょうが、中臈ともなれば身の廻りのことをする女も要りまする。その手当などを継続して出すのは難しいかと」

今度は聡四郎への質問であった。

聡四郎も吉宗の意図をさとって、的確な答えを返した。

「ふむ」

少し吉宗が思案した。

風炉が音を立て始めた。

「十年放置したにひとしい娘へ今さら女中をよこす。みょうよな」

「御意《ぎょい》」

「はい」

二人の臣は主君の疑問を肯定した。

「聡四郎、そなた気づかれたな」

「申しわけございませぬ。名乗りはいたさなかったのでございまするが」

今回の京行きが引き金になったことは、聡四郎にもわかった。

「どこだと思う」

「清閑寺は一条《いちじょう》家の流れではございますが……」

聡四郎は最後まで言わなかった。

「大奥には近衛の娘がおる」

吉宗が引き取った。

「近衛と一条の仲はよろしくないと聞きましたが」

加納近江守が述べた。

「一条だけではあるまい」

難しい顔を吉宗はした。

六代将軍となった家宣に娘を嫁がせた関係で、近衛家と幕府は親密となった。事実、天英院の父関白《かんぱく》近衛基凞《もとひろ》は、何度も江戸へ下向《げこう》し、二度目はじつに二年も神田館へ滞在したほどであった。

関白は辞していたが、五摂家《ごせっけ》の長老の親幕振りは、他の一条、二条《にじょう》、鷹司《たかつかさ》、九《く》条《じょう》家の反発を招いた。一条家らは、自制するように求めたが、義理の息子にあたる家宣の将軍就任もあり、幕府の力を後ろ盾にした近衛基凞は、聞かなかった。

そのときから近衛家は一人、摂家のなかで浮いていた。

「まずいな」

吉宗が呟いた。

「躬が竹姫を欲しいと考えていることを知られたようだ」

「まさか。わたくしは幕府役人だとは一言も申しておりませぬ。京都所司代《きょうとしょしだい》にも足を踏み入れておりませぬ。とてもそこまで……」

「たわけ」

聡四郎の弁解を吉宗が切って捨てた。

「相手は公家《くげ》ぞ。力もなにもたずに、一千年をこえるときを生きてきた。なにより、かの織田《おだ》信長、豊臣秀吉《とよとみひでよし》を手玉に取った連中である。頭が切れなければ、とっくに絶えておる」

「……はっ」

叱《しか》られた聡四郎は頭を下げるしかなかった。

「まあよい。いずれは知られることだ。いや報せるつもりだったのだ。それが少し早くなっただけである」

吉宗がすぐに頭を切り換えた。

「手を考えればいい。これを利用する方法をな」

そう言った吉宗はもう落ち着いていた。

「まずは茶だ」

いつまでも風炉を放置できなかった。待機している小姓たちが、ずっとこちらを見ているのだ。声は聞こえないとはいえ、茶の湯のまねごとくらいはしなければ、密談をしていると公言することになる。

「お待たせした」

吉宗は粗野《そや》に見えてしっかりと作法に則《のっと》った手つきで、茶を点《た》てた。

「ちょうだいいたしまする」

最初に加納近江守が茶碗を受け取った。

「どうぞ」

続いて聡四郎の前にも茶碗が置かれた。

「いただきまする」

一礼して聡四郎は茶を口にした。

元五百石取りの四男で厄介者《やっかいもの》であった聡四郎に茶の心得などなかった。ただ、加納近江守のまねをするだけである。

戸惑いながら聡四郎が茶を喫《きっ》している間に、吉宗は己の分の茶を用意していた。

「作法にずれるが……」

亭主は客の飲み終わるのを待つという決まりを、吉宗はあっさりと破った。

「上様、まさかと思いまするが……」

茶を飲み終えた加納近江守が口を開いた。

「それはない」

吉宗が否定した。

「…………」

聡四郎にはなんの話かわからなかった。

「刺客にしては目立ちすぎだ。それに、躬と朝廷の仲は、まだ決まっておらぬ。朝廷に厚く礼を尽くすかも知れぬ将軍を害するようなまねはするまい。公家は気が長くないと務まらぬ。百年や二百年、待つのは平気だからな」

「……上様のお命を」

ようやく理解した聡四郎は息をのんだ。

「あるわけない。そのような思いきったまねができるなら、朝廷があそこまで困窮することはなかったであろう。もっとも、ぎゃくに潰されていたかも知れぬがの。信長ならやりかねまい」

あっさりと吉宗は告げた。

「朝廷の怖さは、そのような直接なものではない。もっと静かに、じっくりと染みこんでくる」

「静かに染みこむ……水のような」

「近いな。なかなか、そなたも賢くなった。ただ剣を振り回していたころとは違ってきた」

吉宗が褒《ほ》めた。

「…………」

礼を言う状況ではないと聡四郎は沈黙した。

「水ではない。もう少し濃いもの。血じゃ」

「……血」

「系統と言ったほうがよいかの。朝廷は……天皇と公家は婚姻《こんいん》をなすことで、相手を取りこんでいくのだ。娘を嫁に出し、子ができれば、その子の半分は朝廷なのだ。その子へまた別の朝廷の娘を与えれば、二人の間に生まれた子の血は四分の三朝廷となる。それを繰り返せば、限りなく朝廷の血は濃くなっていく。なにも同じ家から嫁を取らずともよいのだ。五摂家だけでも五代は出せるのだ。娘をな。そして、天皇家を含めて、五摂家は千年をこえる歴史のなかで混じり合っている。一族なのだ」

「…………」

驚きから聡四郎は言葉を失った。

「剣ばかり振っておらず、たまには歴史を見ろ。五摂家のもとである藤原氏が誕生してから、一度でも君臣交代は起こったか」

「寡聞《かぶん》にして知りませぬ」

聡四郎は首を振った。

「ないのだ」

天皇家の内部でその地位を争ったことは何度もあるが、五摂家やその他の名門公家が、天皇家になりかわろうと簒奪《さんだつ》を試みた記録はなかった。

「己の娘が産んだ天皇との子を継《つ》ぎの帝《みかど》にしようとした例はいくつもある。なれど五摂家の当主が、天皇になろうとしたとの話は聞かぬ」

首を振って、吉宗が追加した。

「なぜか。意味がないからだ。皆、血筋をたどれば親戚になる。代を重ねれば、親戚といえども疎遠《そえん》になるのが世間だが、朝廷は別だ。なにせ、代を重ねるごとに縁を紡《つむ》いでいくからな。争う気にならぬ。もっともその弊害が、今の朝廷でもある。戦うことを忘れてしまったがために、天下の権を武家へ奪われた」

「なるほどに」

吉宗の言葉に、聡四郎は納得した。

「同じことを朝廷は今もおこなっている。相手は有力な大名、そして将軍」

はっきりと吉宗が述べた。

「歴代将軍の正室で朝廷の出でないのは、初代家康公と二代秀忠公のみ。三代家光公の正室が鷹司《たかつかさ》家、四代家綱公の正室は伏見宮《ふしみのみや》、そして八代将軍である躬の妻は死したとはいえ、やはり伏見宮の出。なにより七代将軍家継公に嫁ぐはずだったのは皇女《こうじょ》であった。どの将軍にせよ、正室との間に男子が生まれていたら、その子が次の将軍となったのは想像に難くなかろう」

「はい」

武家では正室の子が重視された。いかに先に側室が子を産んでいても、正室の子が優先された。

婚姻は、個人の思惑《おもわく》とは離れたところで成立したからである。乱世《らんせ》、隣同士の領主が争い、命を奪い合った。昨日の味方が敵となるなど日常であった。そんななか、敵対している勢力が和解するため、あるいは同盟を強化するために、婚姻は用いられた。当然、両家の絆《きずな》を太くするのが目的なのだ。その第一の手段が、正室との間にできた子供を跡継ぎにすることであった。両家の血を引く者が当主となれば、正室を出した家との関係は好転する。なにせ、その当主は、正室の実家から見れば、孫あるいは甥や従兄弟《いとこ》にあたる。

一方で、正室の子を跡継ぎにしないということは、両家の決別を意味する。戦国ならば、宣戦布告に等しい。

これからもわかるように、正室の子は特別な存在であった。

「だが、今のところ、朝廷の血を引く子が生まれてはいない」

朝廷出身の正室で、将軍の子をなした者はいなかった。

「いかに気の長い朝廷とはいえ、幕府ができて百十余年だ。そろそろしびれもきれてきたころだろう。そこへ、躬が竹を気に入ったとわかれば、動くのは当然」

吉宗が説明を終えた。

「中臈の禄はどのくらいだ」

「二十石と合力金《ごうりききん》四十両、米四人扶持でございまする。ほかに薪《まき》、炭《すみ》、五菜銀《ごさいぎん》などの現物支給がなされまする」

御広敷用人として、知っていて当然である。聡四郎はよどみなく答えた。

「五菜銀とはなんだ」

「副菜費《ふくさい》でございまする」

「菜肴の代金だと」

あきれた口調で吉宗が言った。

「禄をもらっているだけでなく、合力金まで渡されておきながら、そのうえ、薪に炭に、副菜の代金だと。庶民でもそれらは収入の範囲でやる。なのに大奥の女どもは、飯の肴《さかな》まで幕府にたかっておるのか。家賃が要らぬだけでもありがたいと思うべきである」

「……………」

聡四郎はなにも言えなかった。慣例で代々受け継いできている。御広敷用人ていどでどうにかできるものではない。

「ふざけておる。いずれ、これらすべてをなくしてやる」

吉宗が宣した。

「まあいい。すぐにどうにかできるものではないとわかっておる。今は京から来る女中のことだ」

話を吉宗が戻した。

「問題は、どちらの側《がわ》かということだ」

「朝廷の思惑は、上様と竹姫さまをご一緒にし、子をなしてもらうというものではございませぬのか」

加納近江守が訊いた。

「もちろんそれが第一であろう。だが、朝廷も厳密には一枚岩ではない。近衛が一人浮いておる。近衛にしてみれば、なんとかして力を取り戻したいであろう」

娘の夫家宣が、甲府徳川家の当主から、六代将軍へと出世してくれたお陰で、一時近衛家は京で飛ぶ鳥を落とす勢いであった。だが、それも権力の後ろ盾である家宣の死で潰《つい》えた。家宣の息子家継が跡を継いだとはいえ、家継の生母月光院と近衛の娘天英院は、犬猿の仲なのだ。あっさりと近衛家の権は奪われ、恣《ほしいまま》に振る舞っていたぶんのしっぺ返しが来ていた。

「近衛の手配ならば……」

「竹によく似た女であろうな、それも歳上の」

「上様のお手つきを狙うと」

驚いた顔で加納近江守が尋ねた。

「うむ。竹はまだ十三歳だ。訊けばまだ女になっておらぬ。つまり子が産めぬのだ。となれば、男女の営《いとな》みも難しい。ならば、竹の身体が整うまでの代わりを寄こすであろうな。子供ができてくれれば、なによりだろうからの」

「では、一条の手の者であれば」

今度は聡四郎が質問した。

「そのまま竹と躬の仲を取り持つつもりであろう。それだけではない。他の女に躬の気が行かぬよう、見張る役目も兼ねておろうな」

「他の女でございまするか」

聡四郎が首をかしげた。

将軍となってすぐに、大奥から見目麗《みめうるわ》しい女中を放逐《ほうちく》した吉宗である。女の色香に迷うはずなどないと、天下で知らぬ者はいないはずであった。

「近衛が黙っておるまい」

「そちらでございましたか」

加納近江守がうなずいた。

「いずれ、近衛は女を送ってこよう。竹姫付きか、天英院付きかの違いだけじゃ」

「失礼ながら、天英院さま付きの中臈を増やすおつもりなど……」

「ない」

確認する聡四郎へ、吉宗が断言した。

「だが、交代と言われれば否《いな》めまい。先日大幅に削ったところだ。手がぎりぎりなのはわかっている。いや、ぎりぎりにした。つまり、一人でも欠ければ、天英院の局は回らぬ」

「そこまで……」

天英院が大奥で生活できるぎりぎりを見極めたうえで、見目麗しい女中を放逐した。そこまで計算し尽くしている吉宗の恐ろしさを聡四郎は再認識した。

「しかし、竹のところまでとは思わなかったわ」

吉宗が嘆息した。

「まあよい。最初の目見えであるていどはわかろう。聡四郎、竹のもとへ来る女中の身許調べをぬかるな」

「承知いたしました」

聡四郎は引き受けた。

「しばらくの間、そなたに竹姫付きを命じる」

「はっ」

ようやく聡四郎は無任所でなくなった。

「野点の日程だが……」

己のためにもう一杯茶を点てながら、吉宗が告げた。

「来月の七日の昼八つにうかがうと……大事ないな、近江守」

言ってから吉宗が確認した。

「十五日ございますれば、いかようにでも」

加納近江守が調整すると言った。

将軍の仕事は、老中たちからあがってきた案件を決裁するだけではなかった。登城してくる大名たちや徳川に所縁《ゆかり》の深い寺社の僧侶らの挨拶を受けること、家督《かとく》相続あるいは元服《げんぷく》をすませた名門旗本や大名の嫡男へ目通りを許すことなどがあった。

どれも当日不意に発生する用件ではなく、あらかじめ予定として組まれている。

十日以上あれば、日程の調整など容易であった。

「では、そのように竹姫さまへお伝えをいたしまする」

「竹のこと、頼むぞ」

「はっ」

吉宗の願いに聡四郎は平伏することで応え、野点の場から下がった。

「村垣《むらがき》」

「はっ」

中空《ちゅうくう》へ吉宗が呼びかけ、応答が返ってきた。

「なにかある」

吉宗が二杯目を喫したあとの茶碗から、小さな花びらを取り出した。よく見ると、花びらの形に切られた紙であった。

「おじゃまをいたしましたことをお詫びいたしまする」

紙の花びらは御庭之者の合図であった。

「よい。申せ」

詫びより先をと吉宗が促した。

「先ほど江戸地回《じまわ》り御用から報せが参りました。神田駿河台にて、水城聡四郎の従者が伊賀者に襲われたよし」

江戸地回り御用とは、御庭之者の任の一つである。将軍のお膝元の江戸の治安などに気を配った。といったところで、町奉行ではない。犯罪人を捕まえたり、探したりするわけではなく、町中の噂を集めたり、謀叛《むほん》などの不穏な空気を探るだけであった。

「御広敷伊賀者か、それとも郷忍か」

驚きもせず、吉宗が問うた。

「御広敷伊賀者と見られるそうでございまする」

「そうか。勝てもせぬのに」

あきれたように吉宗が笑った。

「しかし、面倒な。水城の足を引っ張るとは」

「潰しまするか」

聞いていた加納近江守が口を挟んだ。

「……まだだ。伊賀には使い道がある」

提案を吉宗は拒んだ。

「釘《くぎ》くらいは刺しておきまするか」

村垣が訊いた。

「要らぬ。伊賀は躬に逆らっているわけではない。御庭之者を出すまでもないわ。なにより、水城を相手にしているのだ。痛い目には十分あっていよう。もっとも、躬に牙剝《きばむ》く、あるいは、竹になにかするようであれば……」

「御意」

吉宗の言葉に村垣がしたがった。

三

御広敷へ戻った聡四郎は、吉宗の命でしばらくの間、竹姫付きとなったことを告げた。

「では、お目通りを願わねばなるまい」

小出半太夫が言った。

御広敷用人は、将軍の家族、側室などの一人に一人がつく。側室が多い場合などは、将軍の子供を産んだお腹《はら》さまだけとなったり、数人側室をまとめて面倒見たりすることもあるが、御広敷用人の本質は専任である。

当然、専任となった相手とはいろいろやりとりする。そのためには、互いを見知っておかなければならなかった。

「大奥へ報せを」

下《しも》の御錠口をつうじて、聡四郎は竹姫への目通りを願った。

御広敷用人が大奥の女中と会うとき、使用されるのは下の御錠口を入ってすぐ左にある御広敷座敷であった。

御広敷座敷は上《かみ》の間、下の間に分かれ、下の間は初めて大奥へ奉公する女中たちの目見え用であり、御広敷用人の面談には上の間が使われた。

「竹姫さま付きの中臈、鹿野でございまする」

「御広敷用人、水城聡四郎でござる」

最初に出てきたのは、鹿野であった。

「まもなく竹姫さま、お見えになりまする。しばし、その場でお控えを」

「承知いたしましてございまする」

聡四郎は一礼した。

竹姫は、綱吉の養女である。いわば、将軍家の姫君なのだ。当然、身分は聡四郎をはるかに凌駕《りょうが》する。竹姫が到着するまで、聡四郎は端座《たんざ》して待った。もちろん、来客ではないため、茶などはいっさい出されない。また、同席している中臈鹿野との会話も遠慮しなければならなかった。

大奥で絶対の御法度《ごはっと》が男女のかかわりであった。大奥といえども、江戸城の一部であるかぎり、表役人との接触は避けられなかった。ただし、そのかかわりは役目のことだけにかぎられ、無駄話などはいっさい禁じられていた。同じ上の間にいながら、聡四郎と鹿野は三間以上離れている。さらに見張り役の御錠口番が部屋の隅に控えているのだ。疑わしいまねは何一つできない。竹姫が来るまでの小半刻（約三十分）、座敷はしわぶき一つなく、静寂なままであった。

「お見えになられましてございまする」

御広敷座敷のもっとも上の襖が開けられ、そこから小柄な少女が入ってきた。

「…………」

姿が見えた瞬間、聡四郎は畳に額がつくほど平伏した。

「面《おもて》をあげよ」

腰を下ろした竹姫が口を開いた。

「御広敷用人水城聡四郎にございまする。御広敷用人は目見え以上の身分のため、直接竹姫と言葉をかわせた。

「御広敷用人水城聡四郎にございまする。しばらくの間ではございまするが、竹姫さま付きを命じられました」

許可を得て顔をあげた聡四郎が名乗った。

「竹じゃ。よしなに頼む」

竹姫がうなずいた。

「早速ではございまするが、上様を野点にお招きになられる件、来月の七日ではいかがかと」

聡四郎は言葉遣いに戸惑った。

旗本にとっては、将軍がもっとも偉い。しかし、竹姫は吉宗にとって大叔母になり、形だけとはいえ、目上になる。

「気にしなくてよい。公方さまあっての妾《わらわ》である」

気づいた竹姫が微笑んだ。

「畏《おそ》れ入りまする」

三歳で大奥に来て、そのまま十年過ごした竹姫が、聡四郎のわずかなためらいを見抜き、しっかりと対応した。頭を下げながら、聡四郎は竹姫の聡明《そうめい》さに驚いていた。

「いかがでございましょう」

「妾からお誘いしたのだ。こちらに否やはない」

竹姫が了承した。

「早速のご承知、ありがとうございまする」

これで使者としての役割は終わった。聡四郎は礼を述べた。

「水城、そなた妾付きの用人になったと申したな」

「はっ。上様より拝命つかまつりました」

聡四郎は首肯した。

「ならば、野点の用意を手伝ってもらいたい。道具をそろえてもらいたいのだ」

「茶道具でございまするか」

「そうじゃ。部屋で使う茶碗や炉などはあるが、野点用は持っておらぬ」

恥ずかしそうに竹姫が少し目を伏せた。

忘れられた姫である竹姫に、気を使う者はいなかった。さすがに、己が飲むための茶道具くらいはそろえていても、それ以上のものはなかった。誰も竹姫を誘わない、よって招くこともない。野点の道具など使うどころか用意する意味さえなかった。

「ただちに商人を手配いたしまする」

道具といえば刀のことだと思う聡四郎である。茶道具のことなど何一つわからなかった。

「頼みまする」

竹姫が軽く頭を上下させた。

「水城、そなたの奥は公方さまの娘だと聞いたが」

「ご存じでございましたか。娘と申しましても、養女でございまするが」

「養女ならば、妾と同じよな」

「畏れ多いことでございまする」

町屋《まちや》の娘だった紅と、京の名門公家の血を引く竹姫では、同一に見ることはできなかった。

「のう、水城。公方さまの娘ならば大奥にも入れよう」

「それは……入れまするが……」

竹姫の意図を聡四郎ははかりかねていた。

大奥も客は受け入れた。もちろん、男の客は御台所や上臈など高位の者の親戚だけしか許されなかったが、女であれば問題なかった。といったところで身分のない者が、竹姫に会いたいと言ったところで、許可などされない。しかし、一定の身分であれば、大奥にある御対面所で面会できた。

紅は形式だけとはいえ、吉宗の娘である。それこそ、求めれば、天英院や月光院とでも同席できた。

「会わせてたもれ」

「吾が妻にお目通りを許されると」

聡四郎は竹姫の願いに目をむいた。

「そうじゃ。いろいろ訊いてみたい。城の外はどうなのか、浅草《あさくさ》の寺はどれだけ大きいのか、なにも知らぬ。妾は大奥から出ることがかなわぬのだ」

竹姫が言った。

「たしかに、その手の話題には詳しゅうございまするが……なにぶん、出が町屋の者。無礼がありましては」

「将軍の娘に無礼もなにもあるまい」

「…………」

言われてみて、聡四郎はようやく気づいた。紅はそのあたりの大名の姫ならば、平伏させるだけの身分を持っていた。

「上様にお伺いをいたしてみませぬと」

吉宗が竹姫に執着していると知っている聡四郎は、即答を避けた。紅と会わせてよいかどうかの判断がつかなかった。

「わたくしが強請《ねが》っていたとお伝えを」

竹姫がそう言って、聡四郎の負担を減らしてくれた。

「お気遣いありがとうございまする。では、これにて」

聡四郎は一礼し、竹姫へ別れを告げた。大奥女中との交渉を主たる任とする御広敷用人だけに、疑われてはまずい。聡四郎はそそくさと大奥を離れた。

「やれ、またお目通りを願わねばならぬ」

御広敷用人部屋へ寄ることなく、聡四郎は中奥へと向かった。


「組頭」

下の御錠口は伊賀者詰め所の勤番所に繫《つな》がっている。一人詰め所にいた藤川義右衛門の前に、御広敷伊賀者が湧《わ》いた。

「どうであった」

「茶会の相談であった」

問われた御広敷伊賀者が答えた。御広敷伊賀者は大奥に忍び、聡四郎と竹姫の会話を盗み聞きしていた。

「それだけか」

「もう一つ、用人の妻を竹姫さまがお召しになっていた」

「紅とかいう女だな」

藤川は聡四郎と敵対して以来、その周辺の見張りも怠《おこた》っていなかった。

「わかった。持ち場に戻ってよい」

手を振って藤川が配下を去らせた。

「竹姫さま付きとなった……そして妻が大奥へ入る。将軍はなにをあやつに求めておられるのか」

一人藤川が首をひねった。

「どちらにせよ、伊賀の郷の女忍どもには、注意をしておかねばなるまい」

藤川が独りごちた。


「竹の望むようにしてやれ。紅ならば、竹の退屈を慰めてくれるであろう。そうじゃ、野点道具を手配し、紅に届けさせよ。躬が訪れる前の練習にちょうどよかろう」

「道具のことなどわかりませぬが」

聡四郎はとまどった。

「おまえにではないわ。紅にさせよ。嫁に出す前、一通りのことは仕込んである。気づかなかったのか。紀州の姫として恥ずかしくないようにな」

吉宗があきれた。

「申しわけございませぬ」

返す言葉もなかった。聡四郎はすなおに詫びた。

「金はあとで手配してやる。あまり派手派手《はではで》しくなく、かといって竹が恥をかかぬようによいものを買え」

「はっ」

聡四郎は頭を下げた。

男の目がないだけでなく、自在に外出できない大奥の女たちは、どうしてもうちへこもる。顔を合わす相手も決まってくる。となれば、どこかで優劣を付けたくなるのが性《さが》というもの。大奥の女たちは着物、小物、道具類などを自慢し、また相手のものにけちをつけることを日常としていた。

吉宗は、竹姫がそれに巻きこまれて、笑われることのないようにと命じた。

「今日は大奥へ行かぬ。もう下がってよい。代わりに紅を連れて、道具を買いに行け」

「承知いたしました」

将軍に言われて拒める者はいなかった。聡四郎は首肯した。

隠れ家を与えられた伊賀の女忍たちは、まず周囲の確認を繰り返した。路地がどう通じているか、近隣の家の壁はどのくらいの高さか、庭木はどうなっているか、住んでいる者はなにものなのか。目を閉じても走れるくらい、徹底して身体に覚えこませた。

それを繰り返しながら、範囲を拡げていく。三日ほどで、本郷一帯を知り尽くした。

「登城の途中を狙うならば、屋根から手裏剣か短弓《たんきゅう》で狙えばいい」

澪が提案した。

「仕留められればよいが、失敗したとき逃げ場を失うことになる」

袖が否定した。

「ならば屋敷へ忍びこんで毒を飼わせるというのはどうだ」

弥曾が口を出した。

「ふむ」

「食いものに毒を盛ってやるか、井戸水に放りこむかすれば、まちがいなくやれる」

考えた袖に力を得た弥曾が勢いづいた。

「井戸に毒を入れるのは、かかわりのない者をまきこむことになる。なにより井戸の水を飲んだだけで死ぬほどの毒ともなれば、相当の量を使う。毒の用意、さらには溶け残った毒の始末も要る」

袖が躊躇した。

「後始末など考えていては、復讐を果たせぬぞ」

厳しい顔で孝が言った。

「…………」

「掟を忘れるな」

黙った袖に弥曾が追い撃ちをかけた。

「井戸に毒を入れたならば、一家全滅となる。これは問題ぞ」

澪が難しい表情をした。

「伊賀に逆らった者どもの末路にふさわしかろう」

孝が言い放った。

「さすがに旗本一家が毒で全滅すれば、調べの手が入ろう」

「そのころには、もう江戸におらぬ。郷へ戻ってしまえば、幕府といえども手出しはできまい。手を下したのが我らという証《あかし》はないのだからな」

弥曾が小さく笑った。

「やめてもらおうか」

不意に声がした。

「誰だ」

すばやく澪が懐から短刀を抜いた。

「吾じゃ」

顔の見える位置へ藤川が動いた。

「御広敷伊賀者組頭」

女忍一同が、臨戦態勢を解《と》いた。

「水城は上様のお気に入りだ。それが一家変死となれば、原因は毒だと言っているようなもの」

「伊賀には決してばれぬ毒がある」

「毒だと疑われるだけで、終わりなのだ。なんの毒かは問題ではない。そして水城が伊賀ともめていることは知られている。そのうえで毒を使えば、疑いは伊賀に来る」

「郷に帰れば……」

「我らに責を押しつけるつもりか」

口にした弥曾を藤川が睨みつけた。

「そのようなまねをしてみろ。上様は軍勢を送り郷を滅ぼす」

「なっ……」

弥曾が絶句《ぜっく》した。

「たかが旗本のために、そこまでするのか」

「お前たちに報せていなかったが……水城の妻は上様の養女だ」

「げっ」

「まさか」

藤川の言葉に女忍たちが絶句した。

「将軍の身内に手を出して、伊賀の郷が無事だと思うなよ」

「郷へ逃げれば、あの山じゃ。幕府の兵などに……」

「そのときは、我らが軍を先導する」

まだ言う弥曾へ藤川が冷たく告げた。

「それは……」

弥曾が肩を落とした。

御広敷伊賀者は、郷で数年修行を積む。郷の事情にも詳しく、伊賀の地理にも通じている。その御広敷伊賀者が敵となる。そう藤川が宣したのだ。

「…………」

　ふたたび女忍と藤川の間に緊張が生まれた。

「落ち着け」

　忍刀に手をかけた澪らを、袖が抑えた。

「今宵《こよい》はなにを」

　来訪の意図を袖が問うた。

「今の話じゃ。水城の妻、紅は上様の養女であり、そして竹姫さまのもとへお話し相手として通われることとなった」

「まずいな」

　孝が漏らした。

「我らの顔を覚えられる」

　雑用掛かりでものの数にはいらないお末でも、何度か顔を合わせると馴染《なじ》みになっていく。言葉もかわす、近づけば匂いも嗅がれる。

　人は顔だけで相手を識別しているわけではなかった。もちろん、目で見たものの影響が大きいことは確かだが、声や匂いでも判別しているのだ。とくに忍が得意とする闇では、声や匂いが重要な要素となった。

「うむ」

袖も顔をしかめた。

「しかし、今さら変更もきかぬ。明日には都から来る女中と顔見せぞ。もうおぬしたちの代わりを探している間はない」

藤川が首を振った。

大奥は将軍家の私《わたくし》である。百万の軍勢を集められる将軍が、たった一人で女に囲まれる場なのだ。当然、大奥女中たちへの審査は厳しかった。

それがたとえお末と呼ばれる下働きであっても、しっかりとした身許引受人がいとなれなかった。

今回の話は、伊賀から報せが来た段階から、藤川が動いたお陰で女忍二人を大奥へ入れられた。もちろん、相当な金も遣っている。伊賀の郷から送られてきた金のほとんどは、その根回しに消えた。それを急になかったことにするのは、かえってまずかった。

「疑われるだけぞ。五菜一人が代わっただけで、調べをするような男だ、水城は。それが臨時とはいえ付けられた竹姫近くで働くお末の不審な辞退を見逃すわけはない」

「そうだの」

藤川の言うとおりであった。袖も同意するしかなかった。

「まあ、毎日大奥へあがることなどはない。なんとか、やりすごすことだ。それくらい、郷の忍ならばできよう」

「当然じゃ」

孝が揶揄《やゆ》するような藤川へ、胸を張ってみせた。

「では、明日の明け六つ半（午前七時ごろ）には、七つ口に来るようにな。私物の持ちこみは、着替えだけにしておけ。大奥にはみょうな風習がある」

「みょうな……」

弥曾が首をかしげた。

「奉公する女を素裸にして調べるのだ。なにせ、男は将軍一人の場所だからな。へんな女に入ってこられれば困る」

「裸にしたくらいで、見つかるような鈍いまねはせぬぞ」

大奥へ入る役目の澪が反論した。

「素裸にするだけなら、言いはせぬわ。密《ひそ》かどころから尻の穴まで開かされ、なかまで検《あらた》めるのだぞ」

「処女《おとめ》には辛いの」

澪が嫌な顔をした。

女忍の任は、男の籠絡《ろうらく》である。

いかに鍛えたところで、新しい命を宿《やど》し、産み育てていくという女の身体には限界があった。どうしても男忍には及ばない。もちろん、才能のない、あるいは努力しない男忍を凌駕する女忍はいる。だが、そこまでなのだ。

女は、月に一度体調が変化する。体調の変化は精神にも乱れを誘発する。不動の心が維持できなくなる。なにより、その期間、女は匂うのだ。長期敵地に忍ぶという任務に女は向かなかった。

代わりに女には、その身体を使った任があった。男を落とし、いろいろな話を聞き出したり、寝返らせたりする。うまくすれば、男忍が命がけで入手できなかった秘事を、閨《ねや》であっさり手に入れられる。それこそ、男忍数人以上の働きを見せることも珍しくなかった。

だが、それには相手の男から好《す》かれるのはもちろん、なにより信用されなければならない。女忍が男に信用されるために、もっともよいのは初めての相手とすることであった。男というのは、己が女の初めての相手だと知ると、それだけで油断する。女のすべてを吾がものとした気になる。己のものを疑うはずはない。女忍にとって、閨の技が優れていることよりも、純潔を保つほうが重要であった。

といったところで、泰平の世に、そうそう女忍の仕事はない。当然、一定の年齢となったところで、女忍はその任を解かれ、組内の者のもとへ嫁ぐ。聖徳太子のころから鍛えあげてきた伊賀の血をより濃く残すため、女忍に選ばれた女たちは郷の男以外と通じることを禁じられる。澪は一昨年任を解かれて、組内の男と夫婦となった。この四人のなかで、唯一男を知っていた。

「それぐらい、知らぬ男の前で股《また》を開くことを思えば、さしたることでもないわ」

やはり大奥へあがる孝が鼻先で笑った。

「あほう」

強がる孝を藤川が嘲笑《ちょうしょう》した。

「なにっ」

孝が怒った。

「やめよ。今のは、孝が悪い」

袖が間に入った。

「どういうことだ。ことと次第によっては、許さぬぞ」

怒りの矛先《ほこさき》を、孝が変えた。

「男を知らぬ町娘が、同じ女の前とはいえ、密かどころを探られて、平然としておるわけなかろうが。抵抗する、あるいは泣くのが普通じゃ。堂々と股を開いているほうが、おかしい」

あきれた口調で、袖が言った。

「…………」

孝が気まずそうに黙った。

「忍の本分は目立たぬことよ。では、明日遅れるな」

念を押して藤川が帰っていった。

四

残された女四人は、藤川の気配が消えたことを確認した。

「行ったようだな」

「他に気配もない」

弥曾と孝が顔を見合わせてうなずいた。

「さすがは御広敷伊賀者組頭よな。我ら四人に気づかれず近づくとは」

澪が感心した。

「でなくば、務まるまい」

袖が返した。

「で、どうする。一《ひと》あてしておくか」

聞き耳がないのを確認した袖が発案した。

「よな。我ら明日より大奥である。仇の顔も知らぬうちに、片がついてしまっては、死んだ者たちに申しわけがない」

孝がうなずいた。

「屋敷に忍びこむとして……」

「女房に手出しは厳禁か。毒と火を封じられたな。女忍の決め手を失ったも同然」

面倒だと弥曾が嘆息した。

武力で男に及ばない女忍である。勝負を有利にする手段には長《た》けていた。

「屋敷となれば、地の利は向こう。我らにあるのはときの利だけ」

相手の本拠へ行くのだ。地の利は最初から奪われている。ときの利は、もともと襲うほうにある。いつ襲うかは、刺客の勝手である。

「四人でやれるのは、今宵だけ。多少の無理は覚悟のうえよ」

澪がやる気を見せた。

「では、人の眠りがもっとも深くなる夜半過ぎを狙おう」

「だな」

「うむ」

「それまで一眠りしておこうぞ」

一同が首肯した。


目覚めた四人は、まずうがいをして寝ている間に作られた口の臭《にお》いを消した。

「道具は手裏剣と己の得物《えもの》だけでよいな」

「目つぶしは吾が持って行こう」

「手裏剣に毒を塗るのを忘れるな」

たがいに確認をして、忘れものをなくし、気を高めていく。

「うまくいった場合は、その場から江戸を去る」

「江戸の伊賀に、報せずともよいのか。女中の手配に困ると言っていたぞ」

孝の確認に袖が首を振った。

「知ったことではない。そのための金は払ってある。第一、あの組頭がなんの手も打っていないはずなどなかろう」

嫌悪の感情を隠そうともせず、袖が吐き捨てた。

「たしかにな」

「勝手に入ってくるなど、我らを目下と見ておる。金を出せば、我らが雇い主なのだ。伊賀者は金を受け取った以上、雇い主の意に従うのが決まりである」

金を払って裏切られてはたまったものではない。戦国の昔から、金の続いている限り、裏切らないのは伊賀の掟であった。金をもらっていながら裏切れば、次から仕事がなくなる。米の取れ高の少ない山間地で、外からの金を手にできなくなるのは一族の終わりを意味していた。

「飼われた忍の末路よな。今回の仕事を失敗しても飢えぬ。いや、子々孫々まで遊んでいても禄は入る。気概が腐っても当然であろう」

冷たい声で澪が言った。

「あのような者の話などどうでもいい。今は、仇を討つことだけ考えるべきだ」

あほうと罵《ののし》られた怒りを忘れていない孝が、話を戻した。

「そうであったな。皆、水城屋敷の造りは頭に入っているな。では、行くぞ」

最後の確認をして袖が手を振った。

かつて武家地は、万一に備えて一晩中灯《ひ》を絶やさず、屋敷に不寝番《ふしんばん》を置いていた。それも元禄《げんろく》の初めごろまでであった。乱世の終わりは、武家を不要としただけでなく、その心構えまで失わせた。

今では常夜灯の明かりは入れられず、不寝番は酒を飲んで眠りこけるようになっていた。

「御三家がこれでは、他も推《お》して知るべしだな」

袖があきれた。水城家に近い水戸藩上屋敷は寝静まっていた。

女忍たちは、そのまま駆け、水城家の屋敷前についた。

出世したとはいえ、屋敷替えは受けていない。水城家は左右を別の旗本屋敷に挟まれていた。

「母屋《おもや》には右が近いが、従者の住む長屋は左の塀際だ」

「従者を襲えばいい。腕はそちらが立つという。倒せれば後が楽になる」

「いや、ここは仇の主であろう。それが掟だ」

意見が割れた。

「どうする、袖。そなたがまとめ役ぞ」

澪が問うた。

「……主をやる」

一瞬考えた袖が告げた。

「承知」

「わかった」

「………」

異論は出さないのが決まりであった。一つのことをなすのだ。やる前に意見は出し合うが、決まったならば、黙って従う。これも忍の掟であった。

「右の屋敷から塀をこえる。母屋の間取りは確認できていないが、旗本の屋敷だ。さほど違いはなかろう。主の居間はほぼ中央でまちがいあるまい」

「弥曾、そなたは母屋の外で、待機を。退き口の確保と、なにかあったときの対処を頼む。従者が近づいてきたときは笛を」

「任せよ」

「仕留《しと》めたときは、一目散《いちもくさん》に逃げ出せ。明ける前に品川《しながわ》へ着く。明日の朝、六つに大木戸《おおきど》で待ち合わせる。遅れた場合は、それぞれで郷を目指せ。道中手形《どうちゅうてがた》はあるな」

「これに」

問う袖に皆が懐を触った。入り鉄砲《でつぽう》に出女《でおんな》、この二つにかんして箱根《はこね》の関所は厳しい。女は顔の特徴から髪型にいたるまで詳細に記載された手形がないと関所を抜けることは難しかった。関所破りなど伊賀の女忍にはたやすいが、万一知られたときにまずくなる。江戸で旗本が殺された後、関所破りとなれば、関係を疑われる。旗本を殺した者は、関所より西へ逃げたと報せることになりかねなかった。

「よし、今回は無理をするな。相手の顔を覚えるだけだと思え」

「待て、袖」

動きかけた袖を澪が止めた。

「なんだ」

勢いを削がれた袖が不満そうな顔をした。

「妻女と同衾していたときはどうする。巻きこむわけにはいかぬぞ」

「あっ」

他の三人が顔を見合わせた。

「男というのは、女を抱くために生きているといってもいいのだ。こちらのことなど考えもせず、毎日でもしたがる」

「…………」

澪の言葉に、三人が嫌そうな顔をした。

「妻女が側《そば》におれば、中止」

袖が頬をゆがめた。

「では、行くぞ」

出鼻《ではな》をくじかれたのを払拭《ふっしょく》するかのように、袖が強い口調で言った。

庭を音もなく突っ切った三人は、母屋の雨戸に手裏剣の先を差しこんでこじるようにして外した。

すばやく廊下へあがった三人は、目の前の部屋の障子を少しだけ開けてなかを確認した。

どこが聡四郎の部屋なのか確定していたならば、一気に障子ごと押し倒して躍《おど》りこめばすむが、もしまちがえれば、その音で相手に侵入を報せることになる。

「…………」

隙間に目を当てた袖が首を振った。

三人は隣の部屋へと移った。底に熊の毛皮を貼り付けた忍草鞋《しのびわらじ》は、足音がしない。

やはり隣の部屋の障子を少し開けて、なかを覗《のぞ》いた袖が手をあげた。

聡四郎は一人で寝ていた。

武家の夫婦は、一つの部屋で寝ることはなかった。たがいに居室を持ち、閨ごとをするときは、夫が妻のところへかようのだ。

隙間から目を離した袖が、懐へ手を入れ小刀を出した。次々と残り二人も武器を手にした。

「…………」

無言で三人が顔を見合わせた。

袖と澪が左右の障子に手をかけ、孝が棒手裏剣を構えた。

「行くぞ」

息を合わすための合図として、袖が小さく言った。

左右へと障子が引き開けられた。

「しゃっ」

孝が両手に持った棒手裏剣を撃った。

男は馬の轡《くつわ》の音で目をさまし、女は襖の開く音で目を開ける。障子を開ける前、袖の声で目覚めた聡四郎は、咄嗟に纏《まと》っていた夜具を蹴りあげた。勘定吟味役をやっていたころから不意打ちには慣れている。ためらうことなく、枕元に置いてある両刀を聡四郎は手にした。

「ちっ」

不意に舞いあがった夜着《やぎ》に、棒手裏剣は吸いこまれた。空中に浮いている布を貫くのは、矢でも難しい。

舌打ちした女忍たちが、小刀を手に飛びこんだ。

すでに聡四郎は太刀を手にしていた。

「曲者《くせもの》ぞ」

大声を聡四郎が張りあげた。

「まずいっ。人が来る」

袖が苦い声を出した。

「女か」

聡四郎はその声に驚いた。

「しゃっ」

一瞬の戸惑いを孝が突いた。聡四郎へ小刀で斬りかかった。

「ふん」

聡四郎は薙いだ。

甲高《かんだか》い音がして、太刀と小刀がぶつかった。

「くうう」

勢いと重さの違いで、小刀がはじけ飛んだ。

「えいっ」

得物を失った孝へ聡四郎は追い討ちをかけようとした。

「させぬ」

袖と澪が斬りかかった。

「おう」

追撃をあきらめて、聡四郎は身体をそちらへと向けた。

女といえども、刺客を許す気はなかった。聡四郎はゆっくりと間合いを詰めた。

夜鷹《よたか》の鳴き声のような鋭い笛が響いた。

「引くぞ」

従者が近づいてきたとの合図であった。袖が撤退を指示した。

「しゃ、しゃ、しゃ」

少し後ろへ離れていた孝が続けざまに棒手裏剣を投げつけた。

「なんの」

聡四郎はそのすべてをたたき落としたが、逃げ出した女忍の背中へ太刀を送ることはできなかった。

「逃がしたか」

「殿」

そこへ大宮玄馬が庭から駆けつけた。母屋の戸はどこも締められている。鍵を開けている間を大宮玄馬は惜しんだ。

「伊賀者……」

聡四郎の周囲に落ちている棒手裏剣に大宮玄馬が気づいた。

「ただちに」

大宮玄馬が伊賀者を追って飛び出そうとした。

「止《や》めよ」

聡四郎は止めた。

「夜に忍の相手をするな。地の利をすべて相手に握られているも同然だ」

「しかし……」

「よせ。刀での戦いならば、吾の相手にもならぬていどの奴ら……女だったが、罠《わな》を仕掛けられていては、そなたといえども危ない。もし、そなたに何かあれば、吾もたぬ」

逸《はや》る大宮玄馬を聡四郎は抑えた。

「……はい」

そこまで主君に言われれば、どうしようもない。大宮玄馬がうなずいた。

「女忍……伊賀か大奥か」

聡四郎はさらなる面倒に顔をしかめた。

第四章　闘の準備

一

五菜の朝は早い。

大奥女中たちの要望がいつあるかわからないため、夜明けとともに詰め所に入らなくてはならないからである。

「おはようございまする」

新参者《しんざんもの》の常、誰よりも早く着き、誰よりも遅く帰る。五菜の太郎こと野尻力太郎は、日が昇る前に、鑑札を見せて平川門《ひらかわ》をくぐった。

江戸城は町人の出入りを認めていた。もちろん、内曲輪《うちぐるわ》へ足を踏みこむことはできないが、江戸城を迂回するよりなかを通ったほうが早いときなど、町人は番士に一礼するだけで、咎《とが》められない。

ただ、門限である暮れ六つ（日没）から明け六つ（夜明け）までは、鑑札がないと通行できなかった。

本来は鑑札があっても、緊急でなければ通過させない決まりだが、五菜は別であった。

「何々門で止められまして、遅くなりました」

こう大奥女中に告げられると、とばっちりが来かねないのだ。

かつて大奥で門限破りの騒動があった。

月光院付きの年寄《としより》役絵島《えじま》が、六代将軍家宣の命日法要に代参《だいさん》として増上寺《ぞうじょうじ》へ参った後、芝居見物にのめりこみ、わずかながら大奥女中出入りの平川門の門限に遅れてしまった。

門限破りは重罪であった。旗本や大名でも門限である暮れ六つまでに屋敷へ戻っていなければ、改易《かいえき》が決まりである。大奥女中も旗本格だけに、門限は厳しかった。

もっとも、すでに武家の門限は破られて久しく、よほどなにか別の問題でも起こさない限り見て見ぬ振りされるのが慣例となっていた。

絵島の問題も本来は叱りおくていどで終わるはずだった。それを大事にしたのは天英院であった。

六代将軍家宣の御台所でありながら、その死後七代将軍家継の生母月光院の後塵《こうじん》を拝さなければならない不満を、天英院はここぞとばかりに晴らした。

だが、門限破りだけでは、絵島を大罪にはできなかった。そこで天英院は、絵島が役者の生島《いくしま》と夕餉を共にしたことを問題とした。

大奥女中はいつ将軍のお手つきになるかもしれない。もちろん、将軍一代で相手にできる女の数には限りがあるため、生涯手がつかずに終わる女中がほとんどだが、これは大前提であった。いわば、婚を約している男女と同じ扱いであった。

絵島と生島の間は不倫であると強弁できる。

ときの将軍は七代家継で、まだ十歳になっていない。とても女を抱くどころか、母親の乳房が恋しい子供だったが、それは関係なかった。

役者生島との不倫を責めたてられてはどうしようもなかった。もともと男女の仲で、不倫をしたかどうかなどは当事者以外わからないものだが、大奥女中としては疑われた段階で終わりであった。

結局、絵島は信州《しんしゅう》高遠《たかとお》へ流罪《るざい》、そのお付きだった女中たちも放逐された。

その影響で、しばらくの間、門限は厳密になった。だが、一度崩れた規則は、もとに戻せない。

数年経たずして、門限はふたたび形だけのものになっていた。

「早いの。もう明け六つか」

まだ明け六つの鐘《かね》は鳴っていないが、こう口にすることで規則をごまかしているのである。明け六つとなれば、人の通行を認めても問題ない。なにかあったときの言いわけにしかならないが、これも役人の処世術《しょせいじゅつ》であった。

平川門を警固している大番組《おおばんぐみ》の同心が、感心しながら潜りを開けてくれた。

「畏れ入りまする」

小者らしく太郎は、低く腰を屈めた。

平川門を警固する大番組、御広敷御門を担当する御広敷番へは、五菜肝煎りから少しだが、心付けが贈られていた。

「女の世話はたいへんじゃの」

大番組同心の同情に見送られて、太郎は江戸城へ入った。

五菜詰め所に着いた太郎は、まず火鉢の炭を熾《おこ》すことから始める。昨夜の埋《うず》め炭を掘り起こし、反故紙《ほごがみ》を使ってふたたび火を入れる。こればかりは真夏でも変わらない。湯を沸かして飲むためと、昼飯の弁当を温めるため、火はどうしても要る。

炭火が熾るのを待つ間に詰め所の掃除をすませる。それが終わるころになって、ようやく他の五菜たちが顔を出した。

「ご苦労だの」

もっとも遅く出てくるのは、肝煎《いっき》りの権蔵であった。

「さて、ご一同。本日は中臈五月さまが、寛永寺《かんえいじ》へご代参に行かれる。親五菜は、与太郎《よたろう》だったな。与太郎、あと一人を選んで供《とも》を」

「へい」

与太郎がうなずいた。

「あと本日、竹姫さまのご実家からお女中がお着きになる。そのまま大奥へ残られて、中臈となられるとのことだ」

「おおっ」

五菜たちがどよめいた。

「ついては、このお方付きとなる親五菜を決めたい」

権蔵が五菜たちの顔をゆっくりと見回した。

五菜たちが、固唾《かたず》を呑んだ。

親五菜になると、いろいろ役得が増える。水増ししている手当金の配分も多めにもらえるようになる。さらに用事を果たしたときの心付けなども親五菜が管理するのだ。全部を吾がものとするわけにはいかないが、それでもただの五菜よりは儲けられる。

「親五菜は……熊市《くまいち》、おまえだ」

「へい」

熊市が喜んで返事をした。

「…………」

長く五菜をしている者たちが、あからさまな不満を表した。

声を低くして権蔵がすごんだ。

「文句があるのか」

「親五菜を決めるのは、肝煎りだ。嫌なら五菜の株を置いて出ていくんだな」

権蔵が睨みつけると、一同は目を伏せた。

「肝煎りのために、力を尽くしまする」

勝ち誇った顔で熊市が述べた。

「おう。しっかりやれ。で、新しく増やす五菜だが」

中臈が一人増えれば、当然五菜も数が要る。親五菜一人と子にあたる五菜二人、合わせて三人が、普通の局の割合であった。

「一人は、いつもの伝《でん》でいく」

いつもの伝とは、金だけもらって人を出さないことをいう。

「ということで、追加は一人だ。その一人について、熊市、おまえ誰か心当たりはあるか」

「へい」

勢いよく熊市が首肯した。

「わたくしの甥《おい》をお願いしたく」

熊市が願った。

これも親五菜の特権であった。新規増員となれば、株の売り買いではない。株のやりとりなしで、五菜になれる唯一の方法といっていい。

もちろん、ただではないが、それでも株の売り買いほど金は要らなかった。肝煎りへの上納と、他の五菜へ挨拶代わりに差し出すものだけですむ。

「わかった。明日にでも顔を出させろ。御広敷番頭さまへは、儂のほうから声をかけておく」

「ありがとう存じまする」

深く熊市が頭をさげた。

「太郎」

「へい」

「おまえ、熊市と一緒に挨拶に出ろ。今日から御用を承るとな」

「承知」

太郎が首肯した。

新しく大奥女中となる者は、御広敷座敷下の間で大奥年寄からの面接を受けなければならなかった。この場で年寄が不適と判断すれば、大奥入りはなかったものとされる。表の老中に匹敵するといわれる年寄には、それだけの権があった。ただし、御台所などの実家から付けられた者は別格扱いで、この儀式は顔見せだけで終わった。

「一条家舎人《とねり》、原田土佐介《はらだとさのすけ》の娘、鈴音《すずね》でございまする」

五摂家の一つ、一条家ともなると庭掃除をしたり門番をする雑用掛かりでも、従七位相当の官位を持つ。

「大奥年寄高倉《たかくら》である」

高倉が応対した。高倉がほっとしていた。大奥年寄は正式ではないとはいえ、老中格諸大夫《しょだいぶ》に準ずる扱いが与えられている。諸大夫は従六位にあたる。なんとか高倉のほうが上位であった。

「一条家から竹姫さまへ人が……」

高倉が首をかしげた。

「はい。清閑寺家は一条の分家のようなもの。分家の頼みとあれば、手助けするのが本家の務め」

堂々と鈴音が述べた。

「さようか。大奥はそなたの育った京とは違う。家柄より身分が優先される。御台所さまのおられぬ今、先々代の御台所であらせられた天英院さま、先代将軍のご生母の月光院さまを尊重いたすように」

大奥の情勢を高倉が告げた。

「一つお伺いいたしてよろしゅうございまするか」

「うむ。わからぬことは訊くがよい」

鷹揚《おうよう》に高倉がうなずいた。

「天英院さまと月光院さまのどちらをよりたいせつにいたせばよろしいので」

「……うっ」

問われた高倉が詰まった。

「お二人とも同位であるということは、ございますまい」

「…………」

「でなければ、同時に御用をお受けしたとき、どちらを優先すればいいのか、わかりかねまする」

「臨機応変《りんきおうへん》でよい」

高倉が逃げた。

「それでは困りませぬか。皆様方はどのようになされているのか、それを教えていただくだけでよろしいのでございまするが」

若い鈴音が首をかしげた。

「人それぞれじゃ。決まってはおらぬ」

「さようでございましたか。では、そのように」

鈴音がうなずいた。

「なにかありましたときは、高倉さまよりそうするようにとのお達しがあったと弁明させていただきまする」

「なっ」

冷たく笑う鈴音に、高倉が目を剝いた。

「大奥年寄というから、どれほどのものかと思いましたが、このていどでございましたか」

「ぶ、無礼な」

あきれる鈴音に、高倉が激した。

「真実《まこと》でございましょう。わたくしは、最初に一条家所縁の者と申しあげたはず」

鈴音が氷のような表情を浮かべた。

「一条家と天英院さまのご実家近衛家の関係をご存じない。ならば勉強不足。知っていたならば、状況把握ができていない。違いまするか」

「…………」

高倉が沈黙した。

「わたくしは、天英院さまの敵として来た。そのことはお忘れになりませぬよう」

はっきりと鈴音が宣した。

「そ、そのようなまねが許されるとでも」

震えながら高倉が言った。

「許す許さないは、上様がお決めになること。江戸城の主は、将軍家でございまする」

鈴音が言い切った。

「大奥の歴史を知らぬ尻の青い分際で……」

春日局《かすがのつぼね》以降、表《おもて》からの介入を退け、隠然《いんぜん》たる勢力を張った大奥を否定されて、高倉が再度激《げき》した。

「青いかどうか見たこともありますまいに」

「そなたの貧相《ひんそう》な尻など見たくもないわ」

「当然でございましょう。わたくしがお見せするのは上様だけ」

「なんと申した。ま、まさか、そなた……」

高倉が驚愕した。

「御広敷用人が京まで探しに行った、新しい上様の側室」

実際は、竹姫の事情を探るために京へ上った聡四郎の目的は、表向き、吉宗の新しい側室を求めてとされていた。

「……側室」

一瞬、怪訝な顔をした鈴音が、すぐに笑みを浮かべた。

「では、これにて」

それ以上話すことはないと、鈴音が頭を下げた。

「このままですむと……」

「すまぬならば、上様にお話をいたしますだけで」

下を向いたまま、鈴音が言った。

「……覚えておれ。御錠口番、わかっておるな。ゆるりといたせ」

吉宗の苛烈《かれつ》な対応は、大奥中が身に染みている。くやしげに高倉が去っていった。

「竹姫さまのお局へ、案内を」

隅で控えていた御錠口番へ鈴音が命じた。

「今、お使番が参りまする。わたくしは御錠口番でございますれば、あまり詰め所を離れるわけにはいきませぬ」

御錠口番が断った。

「さようか。では、待つとしよう」

鈴音が座り直した。

なかなかお使番は現れなかった。

「大奥というのは、よほど広いと見える。比良《ひら》の山から法師《ほうし》を京へ招くほうが早かろう」

一刻（約二時間）ほど経って、鈴音が皮肉を言った。

「……………」

御錠口番は返答できなかった。

「知っておるか。妾《わらわ》はこの七日に上様へお目通りをする。そのときに京の話などをいたして、ご無聊《ぶりよう》をお慰めしようと思ったが、それ以上に上様のお気に召す話ができたわ」

「……ひくっ」

告げる鈴音に、御錠口番が怯《おび》えた。

「そなた、名前は」

「お聞かせするほどの者ではございませぬ」

尋ねられた御錠口番が首を振った。

「そうか。顔はしっかり覚えた」

「ひっ」

小さく御錠口番が悲鳴をあげた。

「どれ、これ以上無駄にときを過ごす意味もなし」

鈴音が立ちあがった。

「ど、どちらに」

「竹姫さまの局をさがすのじゃ」

訊かれて鈴音が答えた。

「勝手に歩かれては……」

「黙れ」

「ひゃあっ」

制止しかけた御錠口番が怒鳴られて縮みあがった。

「ふん」

見おろして、鈴音は御広敷座敷を出た。

「竹姫さまのお局はどこでござろうか」

「長局《ながつぼね》の奥でございまする。あの角を右に曲がられて、突き当たりを左に折れられると、いくつもの局が並んでおりまする。その奥から三つ目が竹姫さまのお局で」

鈴音に訊かれた奥女中がていねいに教えた。

「わたくし、本日竹姫さま付きとなりました鈴音と申しまする。お名前をお伺いしてよろしゅうございまするか」

鈴音が腰を低くした。

「これは知らぬこととはいえ、失礼をいたしました。わたくし月光院さま付きの中﨟清島《きよしま》の局に属しまする、和香《わか》にございまする」

「月光院さまの。後日、ご挨拶に参上いたしますと、清島さまへお伝えくださいませ」

もう一度頭を下げて、鈴音は廊下の奥へと進んだ。

竹姫の局では、なかなか来ない鈴音に首をかしげていた。

「遅うございまするな」

鹿野が怪訝な顔をした。

「そうじゃの」

竹姫も首をかしげた。

「探して参りましょう」

しびれをきらせた鹿野が局を出た。

「こちらが竹姫さまの」

「おぬしが、京から来たという」

畳廊下の入り側で、鹿野は鈴音と出会った。

「姫さまがお待ちかねであるぞ」

「申しわけもございませぬ。少しばかりじゃまをする者がおりましたので」

名前を出さず、鈴音が笑った。

「お初にお目にかかりまする。一条家舎人、原田土佐介の娘、鈴音でございまする」

「竹じゃ」

初対面はそれで終わった。

「鈴音、そなたは誰の頼みで江戸へ参ったのだ」

竹姫が問うた。

「一条兼香《かねよし》さまでございまする」

「父ではないのか」

一瞬竹姫が落胆《らくたん》した。

「清閑寺さまのご要望を、一条さまがお叶えになった。そのようにお取りいただきますよう」

建前《たてまえ》を鈴音が口にした。

「形など意味がない。本音を申せ。そなたはなんのために来た」

いらだちを見せた竹姫が詰問《きつもん》した。

「……わたくしは」

鈴音があたりを窺うように見回した。

「誰も妾のことなど気にもしておらぬわ」

竹姫が小さく笑った。

「これからそうは参りますまい」

はっきりと鈴音が言った。

「わたくしは、姫さまを八代将軍吉宗さまの御台所となすために遣わされましてございまする」

「なにっ」

聞いた竹姫が驚愕した。あの場にいたのは、吉宗と己だけである。誰にも知られていないはずであった。

「隠すほどに現れる。それが世というものでございまする。すでに京の公家で知らぬ者などおりませぬ」

「はい。まもなくあちらでもなんらかの動きがございましょう」

竹姫が確認した。

「近衛もか」

「…………」

幼い顔を竹姫がゆがめた。

天英院と吉宗の仲の悪さは、大奥でも有名であった。竹姫と吉宗との間に婚姻との噂が出れば、まちがいなく天英院は憤慨する。

大奥の主は御台所なのだ。吉宗に御台所がないため、今の大奥には主がいない。それゆえ天英院にも居場所がある。もし、竹姫が吉宗の妻となれば、天英院は大奥を出て御用屋敷へ移るか、残留したところで、局の規模を縮小させられ、すべてについて遠慮しなければならなくなる。

天英院は己の権を守るためにも、吉宗と竹姫の婚姻はなんとしてでも避けなければならなかった。

そして滅多に足を踏み入れない吉宗と違い、竹姫は大奥に住んでいる。

なにより、吉宗に刃向かうことは、幕府を敵に回すに等しいが、まだ御台所になっていない竹姫なら、多少のことをしても大奥のなかならごまかせる。それくらいの力は天英院にあった。

「ご安心を。そのためにわたくしが姫さまのもとへ、参りました」

「守ってくれると言いやるか」

「はい。姫さまが無事御台所さまとなられ、お世継ぎさまをお産みになられるまでお守りいたしまする」

力強く鈴音が言った。

「よしなにの」

「お任せを。姫さまの身代わりとなりまする」

顔を伏せた鈴音が、小さく口の端《は》をゆがめて笑った。

二

「水城さま」

七つ口番をしている御広敷番頭から、聡四郎は呼び出された。

「竹姫さま付きとなる中臈鈴音さまのお末が二人、七つ口に参っておりまする」

「そうか。今行く」

聡四郎は七つ口へと足を運んだ。

御広敷用人は、お付きとなっている姫や側室などと交流が多い。もちろん、本人とも面談するが、さしたる用件でない場合などは、局付きのお末から報される。お末の顔を知っておくのも任の一つであった。

七つ口というのは、その門限が夕七つ（午後四時ごろ）であるから名前が付いた。なにか小さな入り口のような響きだが、そのじつ数十畳に及ぶ広大な板の間であった。

「この二人か」

板の間の隅に風呂敷包みを抱えて座っている若い女を聡四郎は見た。

「はい。おい、竹姫さま付き御広敷用人さまである。頭を下げよ」

御広敷番頭が二人のお末へ挨拶を急《せ》かした。

「は、はい。澪と申しまする」

「孝でございまする」

二人のお末が手をついて名乗った。

「水城聡四郎だ。竹姫さま付きとはいえ、少しの間だ。たぶん、短いつきあいになると思うが、しっかり働くように」

顔と名前を覚えて、聡四郎は訓示を述べた。

「面をあげてよい」

許可を出した御広敷番頭が、七つ口の奥へ顔を向けた。

「七つ口のお女中」

「……これに」

大奥へ続く廊下から女中が返答した。

「本日竹姫さま付きとして都から来られた鈴音さまの局に勤めるお末二人、お引き渡しいたす」

告げた御広敷番頭が、目で澪と孝に行けと合図した。

「竹姫さま付き中臈鈴音さまの局に配するお末二人、確かに受け取って候《そうろう》」

大声で七つ口番の女中が受けた。

その様子を聡四郎は見ていた。

「面倒なのだな」

聡四郎は御広敷番頭へ話しかけた。

「大声なのは、周りに聞こえなければなりませぬゆえ」

普通の口調に戻った御広敷番頭が言った。

「これも男女の仲を危惧《きぐ》してか」

「はい。密談などできませぬ。聞こえないほどの声で女中と話している姿を見られただけで、謹慎でございますから」

御広敷番頭が苦笑した。

「いや、ご苦労である」

ねぎらって聡四郎は御広敷用人控えへと戻った。


大奥へ入った澪と孝は、心持ちうつむき加減で先導する七つ口番の後にしたがっていた。

「この場で斬ってやろうかと思ったぞ」

孝が言った。

「よくぞ抑えた」

澪が褒めた。

忍の発声は喉《のど》の奥を震わせる独特のもので、拡がることなくまっすぐ相手に届く。他の者にはまず聞こえなかった。

「だが、無謀なまねは止めろ。皆の迷惑となる。今でも、飛びかかって仕留められたか」

「……いや」

少しの間をおいて孝が首を振った。

「隙《すき》などなかった。剃刀《かみそり》では届く前に、斬り飛ばされていただろう」

淡々と澪が告げた。

大奥へみょうなものを入れられては困る。七つ口で二人の荷物は徹底して調べられる。伊賀者組頭から聞いていたこともあり、澪と孝は忍刀はもとより手裏剣さえも置いてきた。代わりに剃刀を持ちこんでいる。女の身だしなみに剃刀は必須であり、鋏《はさみ》と並んで大奥への持ちこみが許されていた。もちろん、忍である。剃刀一つで数人を殺すくらい簡単にしてのける。

だが、剃刀は刀と相性が悪すぎた。刃渡りが違いすぎるのである。

江戸城中のため、聡四郎も太刀ではなく脇差一本しか帯びていないが、それでも剃刀では勝負にならなかった。

殺気を漏らした段階で、抜き撃たれる。

「ゆうべ襲われたばかりというのもあるのだろうが、毛ほどの隙もなかった」

「……うむ」

孝も認めた。

「大丈夫だとは思うが、一人でやるな。好機といえども、かならず吾と二人でな」

「承知している」

澪の忠告に、孝がうなずいた。

「しかし、みょうだな」

あたりを気にしていた澪が呟いた。

「目か」

孝も気づいていた。

「うむ。我らに注意が向けられている。ばれたはずはないが……」

「大奥には別式女《べっしきめ》という女武芸者がおるというが、どう見ても周りの女どもは長刀《なぎなた》を振り回せるようではないが」

伏し目のままで、周囲の状況を二人は把握していた。

「殺気も敵意もない。たんに興味といった感じだが」

「油断だけはせぬようにな」

澪が若い孝に注意を与えた。

「あれが高倉さまへ喧嘩《けんか》を売った鈴音とかいう中臈付きのお末か」

「かわいそうにな。高倉さまに逆らうなど」

顔を見合わせて話すのが聞こえた。

「やれ、どうやら我らが主どのがなにかをやってくれたそうだ」

小さく澪が嘆息した。

「目立ってはまずいというに」

孝が苦い顔をした。

大奥は広い。七つ口から最奥にあたる長局まではけっこうときがかかる。

「ここで待て」

案内した七つ口番が止まった。

「七つ口番でございまする。鈴音さまのお付きとなるお末二人を連れましてございまする」

廊下に膝をついて七つ口番が申告した。

「ご苦労であった。開けよ」

なかから返答があった。

「粗相《そそう》のないように」

そう言い残して七つ口番が去っていった。

「澪と……」

「外からでは聞こえぬ。なかへ入るがいい」

廊下で名乗りかけた澪をさえぎって、鈴音が招いた。

「ご無礼をつかまつりまする。本日よりお仕えいたしまする澪にございまする」

「孝でございまする。よろしくお願いをいたしまする」

局に入った襖際で二人が平伏した。

「澪と孝か。鈴音じゃ。よしなにの」

鈴音が応じた。

「さっそくだが、どうであった。大奥の様子は」

「…………」

いきなり問いかけられた澪と孝が顔を見合わせた。

「その分ならば、十分噂になっているようじゃな」

満足そうに鈴音が微笑んだ。

「あの……」

澪が声をかけた。

「年寄高倉に刃向かったことか」

鈴音が先回りをした。

「年寄……」

孝が絶句した。

大奥で最上位は御台所である。そして奉公人のなかでもっとも偉いのは、京から下向してきた公家の娘が任じられる上臈であった。

だが、上臈は御台所の話し相手、あるいは将軍の姫の教育係であって、ほとんど飾りに近い。実質大奥を取り仕切っているのは、年寄であった。

その年寄に睨まれる。針の筵《むしろ》に自分から座るようなものであった。

「心配するな。少しの間だけだ」

まったく堪《こた》えていない顔で鈴音が言った。

「わざとでいらっしゃいますか」

笑っている鈴音へ澪が確認した。

「そうだ」

鈴音が首肯した。

「なぜ……」

「迷惑をかけるそなたたちには話をしておこうか」

問われた鈴音が笑いを消した。

「目立つためよ」

「……目立つ」

大きく澪が目を剝いた。

「妾は竹姫さまの実家より遣わされた。竹姫さまをお支えするためにな。そして竹姫さまには、今将軍家との縁談が密かに持ちあがっておる」

「なんと仰《おお》せられた」

「それは……」

二人が絶句した。

「当然、邪魔が入る。竹姫さまに御台所となられては困る御仁《ごじん》がおられるからな」

「竹姫さまから注意を逸《そ》らすためにに」

「聡《さと》いの」

澪の言葉に、鈴音がほんの少しだけ目を大きくした。

「それだけではない」

「まだなにか」

孝が驚愕した。

「目立たねば、上様の目に留まるまい」

「えっ……」

鈴音の言葉に澪が戸惑った。

「矛盾しておると言いたいのであろう。矛盾などしておらぬ」

先回りして鈴音が否定した。

「そなたたち男は知っておるか」

不意に鈴音が訊いた。

「わたくしは夫がおりましたので」

「いえ」

澪と孝がそれぞれ答えた。

「男というのは、年老いるまで始末におえぬ。今は竹姫さまをとお思いの上様だが、いつお気が変わるかわからぬ。なにせ、竹姫さまは、まだ女の印を見ておられぬ。これでは、いかに御台所さまになられようとも、閨ごとをいたすわけにはいかぬ」

鈴音が述べた。

十歳に満たない幼さで婚姻する大名も珍しくはなかった。武家にとって婚姻とは家と家を結ぶものであり、個人のつごうを無視していた。

しかし、いかに個人のことは考えていないとはいえ、女の身体ができていないのに男女の仲をなすわけにはいかなかった。無理をすれば、女の身体を傷つけるだけでなく、悪い影響が残りかねなかった。家と家の婚姻だからこそ、これは問題となった。幼い娘に無理を強《し》いて怪我をさせた。妻の実家がこれを知ってなにもしないはずもなく、下手《へた》をすれば良好だった両家の仲が決裂しかねなかった。

だが、男はその生理から我慢ができない。無理に我慢をさせると、暴発しかねないのだ。

公家には、幼い姫を嫁に出すとき、姫が閨ごとに耐えられるお歳となるまで、その身代わりとして、男の欲望を受け止める閨係の女をつける慣例があった。

「それをお方さまが」

孝が尋ねた。

「そうじゃ。竹姫さまの代わりに、抱かれるのが妾の仕事である。といったところで、大奥には数百の女がおる。大人《おとな》しくしていては、妾のことを将軍は気にも留めまい。まさか、竹姫さまから、妾を代わりに閨へと言っていただくわけにもいかぬ」

「……たしかに」

澪は同意した。

「ゆえに妾は波風を立てた。あの将軍じゃ。美しいとの評判ならば意にも介すまい。だが、悪評ならばどうだ。きっと興味を持とう」

吉宗のことを、鈴音はよく調べていた。

「それにな。竹姫さまが御台所となられるまで、他の女に気を移されては困る。もし、お子でもできれば、竹姫さまのお輿入《こしい》れが流れるかも知れぬ。将軍は、竹姫さまだけを気にしていればいいのだ。妾を側室としたならば、竹姫さまのことをいつでも思い出させることができる」

「なぜそこまで」

身を乗り出して、澪が質問した。

「そこまでは、そなたたちは知らずともよい」

鈴音が拒んだ。

「なにかと嫌な思いもするだろうが、竹姫さまが無事御台所となられたあかつきには、存分に報いてやる。それを楽しみに励め」

鈴音が話を打ち切った。

「はい」

「わかりましてございまする」

お末の身分では、それ以上を求めるわけにはいかなかった。二人は引きさがった。

鈴音のことは、すぐに吉宗の知るところとなった。

「一条家か。となれば竹に悪さはすまい」

「大事ございませぬか」

御庭之者村垣源左衛門《げんざえもん》が懸念を表した。

「なにもせぬとは思っておらぬ。公家どもが無償で躬の味方をするはずはないからな」

吉宗が小さく笑った。

「よろしゅうございますので。一人中臈が増えれば、奥女中はもとより、お末や五菜なども……」

「そのくらいのことなど、気にするな」

「仰せとあれば……」

納得はしていない顔ながら、村垣はそれ以上言わなかった。

「水城はどうだ」

「いろいろと動いてはおるようでございまする」

「そうか」

満足げに吉宗が首肯した。

「館林はどうしている」

「別段なにもなさってはおられませぬが……」

「なんだ」

気短く吉宗が先を急かした。

「藩内で不穏な行動をする者がいるようで」

「ふん。館林は家中《かちゅう》さえ抑えられぬか。とても将軍の器ではないな」

鼻先で吉宗が笑った。

「もともと館林さまは、将軍にご興味はお持ちでないようでございまするが」

「歳だからという理由であったな。それでもまだ五十の半ばではないか。神君《しんくん》を見てみろ、将軍となられたのは、六十二歳のときぞ」

村垣の言葉に、吉宗が返した。

「人は死ぬまで、上を目指すべきである。神君家康公はそのことを身をもって子孫へお伝えになられたというに、なさけない奴よ」

吉宗が清武を切って捨てた。

「いかがいたしましょう」

「笛吹けど踊らず。主が望んでおらぬのだ、多少馬鹿をする者がいたところで、どうということなどなかろう」

気にするなと吉宗が言った。

「御輿《みこし》に意思は要りませぬが」

「……御輿か。御輿とあれば、少なくとも担ぎ手は前と後ろで二人要る。一人が館林の家中となれば、残りは……天英院か」

すぐに吉宗が思いあたった。

「馬鹿は度《ど》し難《がた》いの」

吉宗が嘆息した。

「すでに八代将軍は躬と決まった。朝廷から任じられもした。今さら、どうできるというのだ」

「上様を害し奉り、その跡を襲うつもりなのでございましょう」

「長福丸《ちょうふくまる》がおる。七代将軍家継公の先例ができたのだ。どれほど幼くとも、将軍直系の子が跡を継ぐことになる。館林の出番などないぞ」

「長福丸さまも……」

「まだ小次郎もおる」

吉宗は将軍にしては珍しく男子に恵まれていた。

「小次郎さまも……」

「そこまで御庭之者は情けなくなかろう」

言い続けようとした村垣を吉宗が制した。

「畏れ入りまする」

主君の信頼に、村垣が恐縮した。

「まず躬を傷つけることさえできまい」

「表ならば。しかし、大奥に我らは入れませぬ」

険しい顔を村垣がした。

「伊賀者上席の身分だけでは、無理か」

「申しわけもございませぬ」

村垣が詫びた。

吉宗は御庭之者に探索御用を任せるため、その身分を伊賀者上席格としていた。形だけとはいえ、伊賀者の上司としたのである。しかし、本業である探索方を奪われた恨みもあって、伊賀者は御庭之者に反発、大奥への立ち入りをさせなかった。

「建前上からも、わたくしどもでは大奥へ入れませぬ」

大奥に入れる男は決まっている。伊賀者でも、御広敷伊賀者だけであり、他の小普請方《こぶしんかた》伊賀者、山里廓《やまざとくるわ》伊賀者、明屋敷番《あきやしきばん》伊賀者などの出入りはできなかった。

御庭之者も伊賀者上席とはいえ、御広敷伊賀者ではないため、大奥へ足を踏み入れることは許されなかった。

「面倒なことよ。少し無理をしすぎたか」

乱れた幕政を建て直すため、吉宗は将軍になると早急な手を続けて打った。百年のときを経て、淀《よど》みきった幕政を変えるため、一気に大量の水を流したのだ。根回しをするだけの暇も、金もなかったのはたしかだったが、急な変化は既得権益を持っている者たちの反発を招いた。

誰でも手にしている利権は離したくない。

伊賀の探索も利権であった。探索御用は、金がかかる。他国へ忍びこみ、秘事を探るのだ。旅費だけではなく、場合によっては目的地へ住みこみ、何年もかけることもある。当然、そこでの生活の金も経費なのだ。

しかも、ものがものである。なににいくら遣ったかなどの明細を出しようもなく、また求められもしない。伊賀者が薄禄《はくろく》ながら、食いはぐれなかったのは、大奥女中の供をするときの心付けと、探索御用で浮かした金によった。

その一つを吉宗は代替えのものを用意もせず、いきなり奪った。伊賀者が怒るのも当然であった。

「やはり人が足りぬか」

「……………」

村垣の無言が肯定を示していた。

いかに御庭之者の腕が立とうとも、御広敷伊賀者の数には勝てなかった。

「源左よ。伊賀は躬を殺しにくると思うか」

「いいえ」

間を置かず、村垣が否定した。

「そこまで愚かではありますまい。将軍を江戸城のなかで害したとなれば、伊賀者は謀叛人《むほんにん》。いかに九代将軍に館林さまがお就きになろうとも、謀叛は認められませぬ。謀叛を許せば、幕府の根幹がゆらぎまする」

乱世を終わらせた家康は、主君への忠義を武家の根本とした。不忠を最大の罪とし、謀叛は九族皆殺しという厳罰に処した。

これは下克上《げこくじょう》を何よりも警戒したからであった。なにせ、徳川家康が主君であった豊臣家を滅ぼして天下を取ったのだ。同じ目に遭わないように注意して当然である。

「ですが……」

村垣が続けた。

「見て見ぬ振りはいたしましょう」

「大奥女中が手出しししようとしても、知らぬ顔をするか」

「おそらく」

確認する吉宗へ村垣がうなずいた。

「やれ、大奥では水も飲めぬな」

吉宗が苦笑した。

歴代の将軍に比べて、吉宗は武道に通じていた。鷹狩りを好んだことからもわかるように、山野を歩き続けるだけの体力を持っているうえ、弓矢鉄砲は名手といえる。さらに六尺《しゃく》（約百八十センチメートル）に近い体軀《たいく》は、太刀も軽々と扱う。まさに享保《きょうほう》の世に現れた戦国武将であった。並の別式女あたりならば、勝ち目はない。となれば、武ではなく、謀《はかりごと》で来るのはわかっていた。

「お口にされますまい」

事実吉宗は大奥で、御広敷台所で調理され毒味をすませたものだけしか口にしていなかった。もちろん、それでも毒を入れる隙はいくつもある。が、幸い大奥は天英院と月光院に割れている。一枚岩でないところで、毒を使うなど破滅を呼ぶようなものだ。今のところ、吉宗は無事に大奥から生還できていた。

「それに、上様が毒にあたられたとなれば、その場にいた者どもの命はございませぬ。それが先々代将軍の御台所であろうが、先代将軍の生母であろうが、死は免《まぬが》れませぬ」

「表沙汰にはできぬがな」

吉宗が付け加えた。

大奥で将軍に毒を盛られたなど公表できるはずはなかった。そのようなまねをすれば、将軍家の権威は地に落ちる。外様大名たちに侮られるだけならまだしも、朝廷から征夷大将軍《せいいたいしようぐん》に徳川はふさわしくないと言われかねなかった。征夷大将軍なればこそ、幕府を開けるのだ。

当然、事実は隠蔽《いんぺい》される。しかし、かかわった者たちを許すわけにはいかない。病死、事故死、形は変わるだろうが、幕府の手によって闇から闇へと葬られる。天英院と月光院も同じであった。

「相手に罪をなすりつけるという手が使える」

「はい」

村垣が同意した。

「竹を利用する気になろうな、天英院は。そうすれば、躬を排除でき、そのうえ一条家につながる竹も潰せる。朝廷での権威の失墜《しっつい》はげしい近衛にとって、幕府との繋がりはなにより貴重。その貴重な繋がりである天英院を躬は追い出そうとしているからの」

淡々と気にいった女の危難を吉宗が語った。

「……といっても、させぬがの」

表情を一変させて、吉宗が宣した。

「もちろんでございまする」

「陰のそなた、表の聡四郎。なまじのことでは抜けぬ。やってみるがいい。天英院、館林家の馬鹿ども。地獄の入り口をみずから開けることになるだけじゃ」

吉宗が口の端をゆがめた。

三

左伝は大宮玄馬の腕を遠目に確認したあと、今度は聡四郎を見張っていた。

「従者の腕が立つと主はさしたるものではないというのが相場だが、なかなかに遣える」

一流の剣士ともなれば相手の歩きかたを見ただけで、その腕を見抜く。

「腰から上がまったく揺れない。免許の腕はあるな」

十五間（約二十七メートル）離れて後をつけながら、左伝は感心していた。

「だが、従者に比べて二枚は低い。一対一ならば、まず負けぬな」

左伝は勝利を確信していた。

「やはり、二人同時に相手をするのはだめだ」

己と同等の腕を持つ従者の相手だけで、手一杯なのだ。

「かといって、雇った浪人ていどならば、足止めにもならぬ。いや、かえってじゃまかも知れぬ」

金で雇われた者は弱い。生き残らなければ、いくら金が入ったところで意味がないのだ。勝てそうならば勢いに乗るが、少しでも不利となればあっさりと逃げ出す。下手《へた》をすれば、こちらの戦いにまで悪影響を及ぼしかねなかった。

「道場から人を借りるか。ふん」

伊賀者から金を貰《もら》って、今まで左伝を飼っていたのだ。拾って貰ったと思い、誠心誠意尽くしてきた左伝にしてみれば、捨てられた伊賀よりも腹立たしい。その礼はしなければならない。

「水城を押さえられるだけの遣い手となれば、龍一《りゅういち》か、拓真《たくま》だが……」

さりげなく左伝が横を向き、露店に気を取られた振りをした。

「気づかれたか。相変わらず鋭い」

左伝が感心した。聡四郎の供をしている大宮玄馬が、足を止めて振り向いていた。

「後は二人の連携を知らねばならぬ。同門ゆえ、合わせやすいのは確かだろうが」

露店を見ながら、左伝が独りごちた。

「へ、なにか」

商人が聞きとがめた。

「いや、なんでもない」

後をつけるのをあきらめた左伝は背を向けた。

「伊賀者にもう一度襲わせるか。三人ほどでかかり、一人が従者を足止めし、二人が主をやる。そうなったとき、従者がどう反応するか見たい」

左伝は四谷の組屋敷へと向かった。

「あの二人を倒すのは、おまえの任であろう」

依頼を聞いた藤川が渋い顔をした。

「そのために要りようなことでござる」

「出せる人数がいない」

藤川が首を振った。

聡四郎を襲って倒された者の補充もまだできていない。さらに吉宗の傷を探すため、和歌山《わかやま》へ出した忍たちの一手は壊滅《かいめつ》、残る一手については、未だ結果がわかっていなかった。

一応当主でなく、跡継ぎを出したため、なんとか御広敷伊賀者の仕事に穴を空けずにすんでいるが、被害は大きい。割《さ》けるだけの余裕がなかった。

「では、金をくれ」

すっと左伝が左手を突き出した。

「…………」

一瞬、藤川が頰をゆがめた。剣士は味方以外に対し、利《き》き腕を差し出さなかった。左腕を出す。それは左伝が藤川を信用していないとの表れであった。

「なにに使うのだ」

「人を雇う。伊賀者を遣えぬなら、そうするしかあるまい」

「なぜ、そこまで調べる。いかに主従とはいえ、絶えず一緒にいるわけではあるまい。個々に撃破すればよい話であり、連携を確認するなど、無駄なときを喰うだけであろう」

藤川が問うた。

「勝つため。最初にそう言ったはずだ」

それ以上に理由はないと左伝が答えた。

「一対一ならば、負けぬと言ったはずだ。要はあの二人を始末できればいい。今さら連携を調べるために使う金など、死《し》に金《がね》じゃ」

金は出せぬと藤川が拒んだ。

「そうか。では、この仕事下《お》ろさせてもらおう」

すっと左伝が立ちあがった。

「どうやって生きていくつもりだ。もう道場には帰れぬぞ」

「江戸だけが生きていく場所ではない。どこかの城下で道場に雇われるもよし、博徒《ばくと》の用心棒《ようじんぼう》をしても喰えよう」

左伝が返した。

「伊賀を敵に回すことになるぞ。どこに行ってもかならず追いかけて、生きていくじゃまをしてくれる」

「人手がないのであろう」

冷たく左伝が言い返した。

「吾一人のために、五人も六人も出せるのか。二人や三人で吾を仕留められるとは思ってはいまい。できるようならば、水城もとうに片付けているはず」

「…………」

藤川が黙った。

「金の用意ができたら、呼んでくれ。明日の暮れ六つまでと刻限をきる、それまでに用意できなければそれまでだ。吾には伊賀の将来などどうでもよいということを忘れるな」

左伝が藤川に告げた。

「吾とやる気ならば、相応の被害を覚悟してもらおう。御広敷の番に出すだけの人数が残ればいいがな」

ちらと天井を見あげて、左伝が去った。

「少し放置しすぎたの」

一人になった藤川が嘆息した。

「始末いたしまするか」

天井板が開いて、伊賀者が顔を出した。

「無傷ですむならばな」

「…………」

伊賀者が沈黙した。

「上様は伊賀の失策を待っておられるというのを忘れるな。水城もその一手だ。我らの動きなど、とっくに知られているはず。紀州へ人を出したことも、それが根来《ねごろ》忍《しのび》の迎撃にあったこともな。だが、なにも言ってこられぬ。これは、まだ大奥警固の手立てがついていないからだ。我らをその任から外すだけの理由がない」

「探索御用は奪われたぞ」

組頭の言いぶんに伊賀者が反論した。

「奪われてはおらぬ。表向きはな」

「どういうことだ、組頭。返答次第では、組頭といえどもただではすまさぬ」

伊賀者の声に殺気が含まれた。

「落ち着け。主な者を集めよ。話をする」

藤川が述べた。

当番でない伊賀者のほとんどが、組頭の長屋へ集まった。といっても皆と同じ長屋であり、全員が入ることはできなかった。

若い連中は庭に座るという有様《ありさま》だったが、誰も文句を言わなかった。

「組頭」

集まったなかで、もっとも歳嵩の伊賀者である内海吉哉《うつみきちや》が、ずっと瞑目《めいもく》したままの藤川へ声をかけた。

「集まったか。話の主旨はわかっているな」

「探索御用のことであろう」

内海が答えた。

「うむ。探索御用についてだが、伊賀は奪われておらぬ」

「…………」

　一同が無言で先を促した。

「伊賀の探索御用はそのままだ」

「ではなぜ」

　若い伊賀者が思わず口を開いた。

「御用が命じられぬ。探索御用は、今御庭之者にすべて任されている」

「なるほど。今まで伊賀だけであった探索御用が、御庭之者にも命じられた。そして、新設された御庭之者に、今のところ探索御用が任されているだけというわけだな」

　落ち着いた声で内海が述べた。

「そうじゃ」

「奪われたのとどう違うのだ」

　まだ若い伊賀者は納得していなかった。

「黙っておれ、東馬《とうま》」

　内海が叱った。

「なぜじゃ。伊賀は郷中談義《ごうちゅうだんぎ》が決まり。誰でも意見を言ってよいはずだ」

　東馬が言い返した。

　もともと力のなかった郷士《ごうし》が集まって、強大な敵と渡り合うために伊賀者は連合した。その経緯もあって、なにか大きなことを決めるときは、郷中全員が集まり、おのおのの意見をぶつける場が設けられた。それが郷中談義であり、この場では誰でも発言できたが、代わりに決まったことへの反発は許されなかった。

「最後まで話を聞け。意見はそのあとでよかろう。説明が終わるまで待てぬようならば、家督を継ぐには早かったことになるぞ」

「……………」

諭《さと》された東馬が黙った。

「続けるぞ。今、我らに探索御用が命じられないのは、上様から伊賀が信じられておらぬからじゃ。頼りにされていないとの証なのだ」

藤川が語った。

「今まで将軍代替わりは何度もあったが、このようなことは初めてだ」

誰かが言った。

「御三家から入ったからであろう。五代さま以降、御分家による継承が続いていたが、皆藩主ではなく、将軍家お身内であったからな」

藤川が推測した。

綱吉は、三代将軍家光の息子、四代将軍家綱の弟であった。家綱に跡継ぎがいなかったことから、五代将軍となった。一応館林藩主ではあったが、江戸城の一部神田館に住むなど、独立した大名という形はとっていなかった。その跡を継いだ六代将軍家宣も同様であった。ただ八代将軍吉宗だけが違っていた。

吉宗は越前葛野《えちぜんくずの》藩主から御三家紀州の当主を経験していた。それも家臣に政を任せるようなまねをせず、自ら改革をおこなっている。とても飾りの将軍で我慢するような人物ではなかった。

「今の幕府が揺らいでいるのは確かだ。月光院と間部越前守とのことは皆も知っておろう」

「…………」

無言は肯定の証だった。

六代将軍家宣の寵臣だった間部越前守は、もともと甲府藩の能《のう》役者であった。その才気《さいき》を家宣に見いだされ、世継ぎ家継の守《も》り役に抜擢された。

守り役とは、子供が成人するまでのものである。世継ぎが元服したあとは側用人などに転じるが、その後も側近として仕え続ける。

世継ぎにしてみれば、生まれてからずっと支えてくれた信頼すべき家臣であった。もし家宣がもう五年生きていれば、話は変わったはずだった。しかし、家宣は家継がわずか五歳のとき亡くなってしまった。これで家継はいきなり将軍になった。当然、子供を征夷大将軍にするわけにもいかず、五歳で家継は元服、それに伴って間部越前守も守り役ではなくなり、側用人となった。

将軍が幼く、ほとんど母のもとから離れない。本来ならば、政が回らなくなるが、すでに幕府は老中を頂点とした体制を確立していた。将軍がいなくとも幕政は滞らない。

いや、かえってつごうがよかった。いちいち五歳の子供にわかるよう話をする暇など、多忙な老中たちにはなかった。ただ、決裁の要る書付《かきつけ》に花押《かおう》だけ入れてくれればいい。老中たちにとって、いや幕府にとって家継が大奥へ入ったまま出て来ないのは幸いだった。

それに間部越前守はつけこんだ。間部越前守は、本来将軍以外立ち入れない大奥へも、家継のお召しという大義名分を使って自在に出入りした。それも将軍だけしか通れないはずの上の御錠口を使った。

さらに間部越前守は、家継が呼んでいるとの理由で、月光院の局に入り浸《いびた》った。冬など、家継、月光院とともに一つの炬燵《こたつ》に足を入れたりもした。月光院と酒を酌《く》み交《か》わし、話をし、笑いあったりもした。

「まるで越前守が上様のようじゃ」

幼かった家継が月光院と間部越前守の様子を見て、こう言ったのを伊賀者は聞いていた。

古来から、後宮《こうきゅう》を守るのは、王朝最低の義務である。なぜなら、後宮に王以外の男が入れば、系統に疑義《ぎぎ》が生まれ、将来に禍根《かこん》を残す。王だけが男だからこそ、後宮で生まれた子供は跡継ぎとして認められる。もし、王以外の男が何度も出入りしていれば、生まれた子供がだれの血を引くかわからなくなる。

そして幕府の場合、大奥が後宮にあたる。

他の男の侵入を防ぐ。ために忍である伊賀者が大奥の警固についている。その伊賀者を吉宗が信用しないのも、無理はなかった。どのような状況であろうが、将軍生母である月光院と間部越前守の不倫を黙認していたのだ。任を果たしていなかったと責められて当然であった。

「やむを得なかったではないか。形だけだったとはいえ、上様のご命ぞ」

東馬が苦情を出した。

「そのようなもの、今の上様にはかかわりないわ。今の上様からすれば、伊賀は役に立たぬとしか見えぬ」

「…………」

反論できる者はいなかった。

「過去のことはどうしようもない。で、今後どうするというのだ」

聞き終わった内海が問うた。

「二つある。一つは伊賀の力を見せて、上様の信頼を勝ち取り、従来の待遇へ、いやそれ以上の地位を目指す」

ゆっくりと藤川が言った。

「もう一つは」

内海が訊いた。

「天英院さまの企《たくら》みを助け、上様には死んでいただく」

藤川が言った。

「なるほどな」

謀叛の話にも伊賀者たちは驚かなかった。

「我らの雇い主は、幕府であって上様ではない。ゆえに、伊賀の掟には反しない」

金をもらっている間は裏切らない。復讐とともに伊賀を支えてきた絶対の決まりである。

「ただし、我らは直接手出しをせぬ。上様を殺せば、謀叛となる。我らはなにがあっても見て見ぬ振りをするだけ」

卑怯《ひきょう》な手ではあるが、生き残るためなのだ。藤川は平然と述べた。

「どちらをとるかを決めたいというわけだな」

皆をまとめるかのように、内海が藤川へ確認した。

「どちらにしても、伊賀に探索方が戻ってくるように考えた」

藤川が付け加えた。

内海が一同を見た。

「困難な道を行くか、安易《あんい》な傍観者か」

「我らがどれだけ努力をしようとも、上様が認めなければ無駄になる」

壮年《そうねん》の伊賀者が意見を出した。

「見て見ぬ振りは許されるとは思えぬぞ。上様のあとは西の丸さまであろう。親を見殺しにされて、そのままにしておくとは思えぬ」

別の伊賀者が反対だと手をあげた。

「西の丸さまは、あまりお賢いとは言えぬそうだ」

「だが、親を殺されたとなれば、別だろう。己も同じ目に遭わぬとはかぎらぬのだ。

将軍となれば、大奥へ入らねばならぬのだからな」

藤川の言葉に内海が首を振った。

「西の丸さまは、もう女の手中にあるという」

「ほう」

内海が声をあげた。

「女でしばるか。他の楽しみを知る前に、女の味を覚えさせてしまえば、子供ならば溺《おぼ》れるのも当然。大奥もやる」

新しい情報に、内海が感心した。

「さて、そろそろ意見も出尽くしたであろう。どうするのか、伊賀の先を決めようぞ。努力を積み重ねて伊賀をかつての姿とするべきと考える者は吾の右へ、傍観して漁夫《ぎょふ》の利《り》をという者は左へ」

決《けつ》を採ると藤川が宣した。

「その前に一つ訊きたい」

内海が流れを止めた。

「もし、努力すると決したとき、伊賀の郷から来た女忍をどうする。紀州へ行っている者どもは」

矛盾しかねないことの始末を内海が尋ねた。

「紀州へはそのままじゃ。相手の弱みを握るのは、どのようなときでも有利になる。今は使わなくとも、切り札として残しておけよう。そして女忍は……」

一度言葉を切った藤川が、配下たちを見回した。

「殺す」

「伊賀の郷を敵に回すぞ」

内海が絶句した。

「修行はどうする」

東馬が詰め寄った。

「そろそろ伊賀の郷に頼るのは止めるべきだ」

「郷に行かねば、修行は……」

「できぬのか」

藤川が内海を抑えこんだ。

「皆、ここにおる者は、修行を経験している。ならば再現もできよう」

「我らで修行をつけるというか」

「そうだ。引退した者が、若い者の修行を見てやればいい」

「ふむ」

内海が思案に入った。

「できるようになれば、伊賀の郷に払う金が浮く」

さらに藤川が付け足した。

「組内の修行となれば、礼金は要らぬ。実費だけですむはず。さすれば、かなり負担は減る」

「たしかにな。郷は足下を見ておる。ろくな食いものを寄こしもせず、修行の合間には畑仕事や山仕事をさせる。それがなくなれば、大きいな」

藤川の説明に内海が納得した。

「伊賀の女忍のことは、別にして、考えるべきであろう」

「よい機会かも知れぬ。だが、早急に結論づけるわけにもいかぬ話よな」

「それでいい。郷の女忍を殺さねばならなくなってからでもよいからな。皆、考えておくように。では、あらためて決を採る」

宿題として藤川は話をもとに戻した。

「吾は危ない橋を渡るべきではないと思う」

「現状を打破するには、多少の危険は覚悟せねばなるまい」

それぞれが、賛とする案にしたがって場所を移動した。

「どうやら決したようだな」

藤川が目で人数を数えた。

「御広敷伊賀者は、見て見ぬ振りをすると決した。これ以上の異論は認めぬ」

「よかろう」

「うむ」

一同が納得した。

「では、今後の指示を待て」

解散を藤川が告げた。


「お師匠さまへ、これを。もう少ししたら寒くなるから」

紅から綿入れを預かった大宮玄馬は、一放流師範入江無手斎のもとへ向かった。

「下駒込村か」

少し後をいつものように左伝がつけていた。

「一度刃を合わせてみるか。やれるならば、このまま押しきればすむ」

左伝は大宮玄馬の背中をじっと見た。

「あれは……」

その後ろに弥曾がいた。弥曾は大宮玄馬のあとをつける左伝に気づいた。

「剣術遣いか」

弥曾が見抜いた。剣術遣いは重い日本刀を振る日常を繰り返すことで、肩幅がどうしても太くなる。

「それにしては忍の匂いもある」

忍の歩き方は独特であった。気配を消すのが習性になってしまっているため、かならずつま先から地面へ足をつける。もちろん、一目でわかるようなへまはしないが、見る者が見ればわかる。

首をかしげながら、弥曾が間合いを拡げた。

大宮玄馬も注意しながら歩いていたが、十分な距離を空けられれば気づかない。

「ここで待つか」

道場へ入っていく大宮玄馬を見送った左伝が、一筋手前で足を止めた。

待つこと半刻（約一時間）ほどで、大宮玄馬が出てきた。

「稽古はなしか」

左伝が独りごちた。

剣術の稽古は身体も気も遣う。稽古をしたあとは、どうしても気が昂《たか》ぶり、雰囲気が変わる。

「稽古で疲れてくれればもうけものだったが……まあいい」

近づいてくる大宮玄馬との間合いを左伝がはかった。

「できれば五間（約九メートル）まで気づかれずにいたいが、無理だろうな」

すでに大宮玄馬と左伝の間合いは十間（約十八メートル）をきっていた。

殺気を抑えてはいても、見ていれば気配は漏れる。

顔を頭巾《ずきん》で覆った左伝が姿を現したとき、大宮玄馬は驚きもしなかった。

「先日、拙者のあとをつけていたな」

大宮玄馬は、身体つきだけで見抜いた。

「…………」

無言で左伝は太刀を抜いた。

「問答無用か。忍と同じだな。顔をさらせぬということは、己のしていることが、正しくないとわかっているはず」

わざと嘲笑しながら、大宮玄馬が応じた。

「…………」

気合い声もなく、左伝が前へ出た。

「……できるな」

その腰の動きだけで、大宮玄馬は左伝の実力を感じ取った。大宮玄馬は太刀を下段に構えた。

下段は一放流ではあまり重視しない型であった。もともと肩に担いだ太刀を、足首から膝、腰、背筋、肩、腕のすべてを使って加速し、上段から必殺の一撃を繰り出すのが、一放流の極意である。刀の重さが逆効果となる下段は、その極意と対極にあった。しかし、間合いの短い小太刀では、下段が有効であった。相手の踏み出した足や腹を斬りあげる下段は、上段より間合いが短い。

刃渡りの差を少しでも埋められる。小太刀遣いは下段を好む者が多かった。

「……………」

間合いが二間（約三・六メートル）を割った瞬間、左伝が青眼《せいがん》からわずかに太刀先をあげて、斬りかかってきた。

「疾い」

小太刀を遣う大宮玄馬をして驚かすほど、左伝の一刀は鋭かった。

「だが……」

足を送って、大宮玄馬は避けた。刀で受けるのは、他に手立てがないときだけであった。刀は鉄の塊《かたまり》に薄い刃をつけたものだ。打ちあえばどうしても刃が欠ける。欠けてしまえば、なめらかな切れ味が失われるだけでなく、そこから曲がったり折れたりしかねない。

「……………」

変わらず声もなく、左伝が追撃してきた。

「なんの」

引きながらも大宮玄馬は、相手の動きを読んでいた。

上段をはずされたことで、突きに変化した左伝の太刀を左へ身を寄せることで空を切らせ、一歩踏みこんで一撃を放った。

「……………」

大きく後ろへ跳んで、なんなく左伝はかわした。

糸で繋がっているかのように、大宮玄馬が追った。

「逃がすか」

下段から斬りあげた太刀を間合いに入るなり落とした。小太刀の妙はその疾さにこそある。太刀の重さも加わった大宮玄馬の追撃は左伝の肩口へと襲いかかった。

「……つっ」

あと少しというところで、大宮玄馬は太刀を捨て、後ろへ跳び退《すさ》った。今まで大宮玄馬の右手首があったところを白光が過ぎた。

「柳生新陰流飛燕《ひえん》の太刀か」

大宮玄馬は脇差の鯉口をきった。

柳生新陰流飛燕の太刀とは、敵の手首の内側を狙う技である。真剣で勝負しているとき、もっとも近づく急所は敵の手首である。敵が攻撃をしたあとから、動き出し、手首の内側を通る血脈《ちみやく》を刎《は》ねる。手首をやられれば、太刀は持てなくなるうえ、出血が多くとても戦うことなどできなくなる。後《ご》の先《せん》といわれる技の最たるものであった。

「…………」

頭巾のなかから左伝の目が大宮玄馬をとらえた。大宮玄馬も逸《そ》らさず睨《にら》んだ。

しばらく互いを見つめ合った後、左伝がするすると送り足で間合いを空け、太刀を鞘へしまうと駆け去っていった。

「……っふうう」

大宮玄馬は追えなかった。背中に大きく汗を掻《か》いていた。

「どこの刺客か。殿では勝てぬぞ」

あらたな敵の登場に、大宮玄馬は首を振った。

大宮玄馬の姿が見えなくなってから、ようやく左伝は頭巾を脱いだ。

「思ったよりも遣う。あのまま押し切れぬわけではないが、被害なしとはいくまい」

剣士として生きていくしかない左伝にとって、怪我は禁忌《きんき》であった。腕の筋を切られただけで、剣術遣いとしては終わる。

「そこまでする義理はない」

剣にすがって生きてきた左伝は、相打ちになってもとは考えていなかった。なにせ勝利の報酬が己の道場を得ることなのだ。剣を遣えなくなった道場主など、喰っていけるはずもなかった。

「飛燕の太刀を見抜いた勘、そしてあの太刀行きの疾さ。どちらかを潰さねば、話にならぬ。これは二人のときを襲って、あやつの注意を主へそらせるべきか」

左伝が呟いた。

「……あんなもの勝てるか」

二人が去った下駒込村の入り口で、弥曾が震えていた。

第五章　巡る天下

一

　左伝は御広敷伊賀者組頭藤川から受け取った金を裏ごと専門の浪人ではなく、無《ぶ》頼《らい》に使った。左伝に裏ごと専門の浪人とのつきあいがなかったわけではない。道場には他流試合を申しこんで、幾ばくかの金をせしめようとする腕の立つ浪人者がよく来た。数人の弟子を打ち倒せば、たいがいの師範は負けることを怖《おそ》れ、金を包んで帰って貰うからだ。しかし、左伝の寄宿していた柳生新陰流道場は、金を出したことはなかった。いつも左伝が打ち据えていたからである。

　浪人のなかには左伝の腕を見抜いた者もいた。

「怪我するわけにはいかぬからな」

笑いながら浪人は負けを認めた。

だからといってこのまま帰すわけにはいかなかった。酒を飲ませたほうがいいのだ。

金のために道場を狙うような輩《やから》である。納得させておかないと、どのようなまねをしでかすかわからなかった。道場の悪口を言うくらいならまだしも、まだ若い弟子たちに嫌がらせくらいしかねないのだ。

「これでな」

道場主から幾ばくかの金を貰って、左伝はよくこの手の浪人と飲んだ。そのときの伝手《つて》はある。

だが、わざと左伝は浪人者に声をかけなかった。身許を知られているというのもあったが、浪人といえども剣術遣いである。剣術遣いには筋というのがあった。流派によっては法あるいは、理《ことわり》ともいうが、簡単に言えば剣の遣い方である。

剣術の修行をした者には、一定の癖がつくのだ。その癖をなくそうとすれば、逆に今までの修行全体を崩すこととなるため、どれほどくずれた浪人であっても、剣の筋はおおむね決まってしまう。

真剣勝負慣れした者は、この筋を読んで相手の攻撃を見切る。大宮玄馬と刃をかわした左伝は、多少できるていどの剣術遣いでは様子見にさえならないと判断した。

その点、無頼は筋もなにもない。ちゃんとした修行などしたことさえないのだ。度胸だけで生き残ってきただけに、法も理も関係なく、その場で思わぬ動きをする。予想がつかず、先読みができないとなれば、対応が難しくなる。少なくとも相手の動きを読んだことでできるようになる、先《せん》の先《せん》は遣えない。

左伝は、聡四郎と大宮玄馬の臨機応変を確認するために、無頼を雇った。

「役人をやるとなれば、ちょっと色を付けて貰わないと」

無頼が嫌な目で左伝を見た。

「わかっている。成功したならば、しばらく江戸を売れるくらいの金を出す。今は、前金《まえきん》だけだ。逃げぬという保証がない」

左伝が首を振った。

「後金《あときん》をもらえるという保証もございませんがねえ」

「前金だけ受け取ってなにもしないということもあるぞ」

無頼の頭《かしら》と左伝が睨み合った。

「後金をお持ちかどうかだけでも見せていただけやせんかねえ」

下から見あげるように無頼の頭が求めた。

「よかろう」

左伝が懐へ左手を入れた。

「少し離れろ。見るだけなら、それでいいはずだ」

太刀の柄に手をかけて左伝が言った。

「……おい」

頭を含め、六人の無頼が少しは離れた。

「二十五両ある」

左伝が左手で切り餅を摑んでみせた。

「…………」

さっと無頼の頭が目で合図した。

「やろう」

二人の無頼が飛びかかってきた。

「馬鹿が」

切り餅を上に投げて、左伝が太刀を抜き撃った。

「ぎゃっ」

「ぐへっ」

無頼二人の首から血が噴《ふ》き出した。

「うおっ」

続こうとしていた無頼たちが、あふれる血にたたらを踏んだ。

「なかった話だな」

落ちてきた切り餅を左伝が左手で受けた。

「前金を返してもらおうか」

懐に切り餅をしまった左伝が頭に迫った。

「待ってくれ、金を見た若い者が暴走しただけだ。すまなかった」

無頼の頭が詫びた。

「……信用ができぬな」

血刀《ちがたな》を左伝は振った。

「わかった。金は前金だけでいい。仕事を見てくれ。それでうまくいったら、後金に色を付けてくれればいい」

「虫のいい話だな」

「………」

冷たく言う左伝に無頼の頭が黙った。

「仕事をせずに金だけ取ろうとは、甘いな。まあいい。このくらいでないと卑怯な手も遣えまい。要はきっちり仕事をこなせばいい。見ているから、今から行け。逃げようとすれば、おまえの首は胴から離れるぞ」

「わかった」

顎で指示する左伝に、無頼がしたがった。

無頼たちは江戸城から帰る聡四郎と大宮玄馬を湯島聖堂《ゆしませいどう》の前で襲った。

湯島聖堂は幕府の儒学者林家《りんけ》の私学《しがく》である。もともと上野《うえの》に孔子《こうし》を祀《まつ》った霊廟《れいびょう》と、林家の私学があった。それを五代将軍綱吉がこの地へ移転させた。学問好きだった綱吉は幕臣の奨学《しょうがく》に熱意を燃やし、林家を優遇した。その結果、林家の私塾への希望者が増え、その規模は江戸最大を誇っていた。

学問をする者たちの気を散らさないため、聖堂の壁は高く、隙間がなかった。

神田川と聖堂の壁に挟まれた道を本郷目指して聡四郎と大宮玄馬が進んでいた。

最初に不穏な空気を感じたのは大宮玄馬であった。

「殿」

「……うむ」

声をかけられて一瞬緊張をした聡四郎も気づいた。

「挟まれたようでございまする」

大宮玄馬が脇差を抜いた。

「前を任せる」

「承知」

聡四郎の指示に大宮玄馬が首肯した。

左右に逃げ場はない。相手をするしかなかった。

太刀を抜いて聡四郎は振り返った。後ろのことはいっさい心配していなかった。

「無頼か」

姿を見た聡四郎はあきれた。

「どうせ雇われたのであろうが……拙者を幕府役人と知ってのうえか」

聡四郎は一応忠告した。

二人の無頼は足を止めず、懐から匕首《あいくち》を出して腰に構えた。

「降りかかる火の粉を払うに遠慮はせぬぞ」

青眼に構えた聡四郎は宣した。

「殿に二人、こちらは一人」

ちらと目を走らせた大宮玄馬がつぶやいた。

「このていどの輩にどうこうされる殿ではないが、早く終わらせてお側に戻らねば」

大宮玄馬が脇差を持って駆けた。

「いいか、できるだけ長引かせろ」

左伝はあらかじめ、大宮玄馬の相手をする無頼にそう命じていた。

「わああ」

大宮玄馬の踏みこみの鋭さに、無頼が驚いて背を向けた。

「逃げるだと。一合《いちごう》も戦わずに」

無頼の態度に大宮玄馬は戸惑いながらも、追いかけた。

「じょ、冗談じゃねえ」

大宮玄馬の一撃をかろうじて無頼が避けた。

「命まで売ってはいねえ」

さっさと無頼が逃げ出した。

「待て」

制止したが、聞くはずなどなかった。無頼は残った二人を見捨てて、去っていった。

「戻らねば」

追うのをあきらめて、大宮玄馬は聡四郎の援護へと戻った。

道の左右に分かれて二人の無頼は、聡四郎へと迫った。

「やあ」

「死ねっ」

慎重に近づいていた二人が、あと三間（約五・四メートル）というところで一気に突っ込んできた。

「右」

人はどれだけ息を合わせたところで、足や手の長さ、身体の鍛えられかたなどで、どうしても遅速《ちそく》が出る。

聡四郎は十分見極めてから、太刀をわずかに早い右の無頼へと撃った。

「ぎゃっ」

太刀と匕首では刃渡りが違いすぎた。

匕首が届くかなり前に、聡四郎の太刀は無頼の喉を裂いた。

「やろう」

右へ刀を振るったことで、左の防備に穴が開いた。そこへ無頼が匕首を腰だめにぶつかってきた。

この手の汚れ仕事に慣れている無頼の動きはそれなりに鋭かった。

「えいやああ」

聡四郎は太刀を引き戻すようにして薙いだ。

右を斬ったばかりである。刃を合わせることはできなかったが、聡四郎の一撃は峰で無頼をはじき飛ばした。

「ぐえっっ」

あと三寸（約九センチメートル）届かなかった無頼は、左の脇腹をしたたかに打たれ、転がった。

「手応えがあったが」

肋骨《ろっこつ》を二本ほど折った感触を聡四郎は得ていた。

「…………」

勢いの乗った峰打ちを喰らって、倒れた無頼はうめき声さえあげず、気絶しているようであった。

「殿。お待たせをいたしました」

そこへ大宮玄馬が駆け寄ってきた。

「そちらは大事ないな」

「はい。あいにく逃げられてしまいましたが」

大宮玄馬が頭を下げた。

「かまわぬ」

聡四郎が首を振った。

「死んではおらぬと思うが……気をつけよ」

倒れている無頼に近づく大宮玄馬へ、聡四郎が忠告した。

「承知」

脇差を抜いたままで、大宮玄馬が近づいた。

「気を失っているだけのようでございますが……」

男の手からすでに匕首は離れていた。大宮玄馬は脇差を鞘へ戻した。

「いかがいたしましょうや」

「連れて帰るわけにもいくまい。町方《まちかた》に渡そう」

相談されて聡四郎は告げた。

「では、湯島聖堂から人を出していただきましょう」

大宮玄馬が倒れている男から離れた。

「どうする。捕まってしまうではないか」

一部始終を見ていた左伝に無頼の頭が詰め寄った。

「しかたあるまい。失敗したのだからな」

「あれほど強いなどと聞いていないぞ」

「訊かなかったのはそちらだ」

冷たく左伝が突き放した。

「前金はくれてやる。あとのことはどうにでもしろ。ただし、拙者のことを口走れば、どうなるかはわかっているな。火傷《やけど》をしたくなければ、しばらく江戸を離れていることだ」

左伝が頭を睨みつけた。

「ひっ……わ、わかっている」

すさまじい殺気に、頭が腰を抜かした。

配下を見捨てて頭が逃げていくのを見ながら、左伝が小さく笑った。

「見つけたぞ。二人の弱点を」

左伝が興奮した。

「互いに相手のことを信じすぎている。主は背中を任せて、まったく気にしていない。家臣は主の腕を買いすぎて、援護が少し遅れ気味になる。これは大きな穴だ」

ゆっくりと湯島聖堂の陰から離れながら、左伝は満足げにうなずいた。

「勝ったな」

左伝が一人つぶやいた。

二

野点の道具を自ら持って、紅は七つ口を通った。

「お客人、竹姫さまの局へ通られまする」

お使番が先触れを繰り返すのを、紅は不思議だと首をかしげた。

「こちらで」

かなり歩いて、ようやく竹姫の局へと着いた。

「お客さまをお連れいたしました」

「ご苦労である」

なかから襖が開けられた。

「どうぞ。お待ちでございまする」

出迎えたのは、澪であった。

「お邪魔をいたしまする」

作法通りに一礼して、紅は竹姫の局へと入った。

「御広敷用人水城聡四郎が妻、紅にございまする。本日はお目通りをお許しいただき、ありがとう存じまする」

「竹じゃ。堅苦しいまねは止めてたもれ。妾は五代将軍綱吉公の養女、紅どのは上様の養女。同じ養女同士、同格で願いましょう」

「そういうわけには参りませぬ。わたくしはもとを正せば市井の娘。竹姫さまは、清閑寺権大納言さまのお姫さま」

紅が首を振った。

「上様に言いつけまする。お話し相手をお願いいたしたというのに」

竹姫がすねた。

「……お話はさせていただきますが、夫の役目もございますので」

あまり表だって竹姫に馴れ馴れしくしていると、聡四郎へ影響が出ると紅が述べた。

「では、この局のなかだけで」

「それならば」

まだ求める竹姫に、紅は折れた。

「一つお聞かせ願いたいことが」

紅が、先触れの女中について問うた。

「ああ、あれはああやって周囲の者たちへ、心づもりをさせておるのでございまする。客人は大奥の者とは違いまする。なかの慣習などご存じありませぬゆえ、なにかあっても咎め立てぬようにと」

「なるほど」

説明に紅が納得した。

「後になりました。野点の道具でございまする」

「ありがとう。重かったでしょうに」

竹姫が気遣った。野点とはいえ、鉄の風炉もある。茶碗も一個だけではない。合わせればかなりの重量であった。

「このくらいはさしたることではございませぬ。わたくしは人入れ稼業《かぎょう》の娘。手の足りないときは普請場《ふしんば》で手伝いなどもしておりましたので、力には自信がございまする」

紅はほほえんだ。

「人入れとはどのような商いじゃ」

初めて聞く言葉に、竹姫が興味を持った。

「仕事を求める者と仕事の手伝いを欲しがっている人の出会いをお助けする仕事でございますする。わたくしの実家相模屋は、江戸城のお出入りを許されておりまして、大奥のお庭の手入れをいたしまする植木職人などを手配させていただくこともございまする」

例を挙げて紅が説明した。

「おもしろい仕事だの。となれば、妾が頼んでも人を用意してくれるのだな」

「はい。もっとも大奥で竹姫さまにお仕えできるような人を探すのは、なかなかに難しゅうございまするが」

紅が答えた。

「そうなのか」

「はい。大奥に入るには、それなりの礼儀を知らねばなりませぬゆえ」

「残念じゃの。といったところで、妾の手は足りておるゆえ、困ってもおらぬ」

竹姫がにこやかに笑った。

「もう一つ訊きたいことがある」

「なんでございましょう」

小首をかしげて紅が問うた。子供のような態度が、紅の雰囲気を柔らかいものへとした。

紅は聡四郎の嫁となったが、まだ子をなしていない。子を産むまでお歯黒《はぐろ》を染めないとの慣例もあり、その容姿は独り身のときと変わらなかった、いや、夫婦としての経験を積んだだけ角《かど》が取れ、かつてよりも一層美しくなっていた。

「いつどうやって水城と知り合い、婚姻をなす仲になったのだ」

「そのようなこと……」

まっすぐに訊いてくる竹姫に、紅が照《て》れた。

「隠さねばならぬことか」

竹姫が迫った。

「姫さまのご無聊《ぶりよう》をお慰めするためならば……」

意を決して、紅が語った。

「なんと、最初は水城を仕事探しの浪人者だと思ったのか」

「お恥ずかしい限りでございまする」

失態も口にした紅は、頬を染めてうつむいた。

「いやいや。うらやましい限りである。好《す》いた男と添えるなど、武家ではまず難しい話のはず」

まだ十三歳の竹姫だったが、二度の婚姻が流れたこともあって、夫婦というものへのあこがれを口にした。

「はい」

すなおに紅は同意した。

「姫さま。そろそろ」

鈴音が口を出した。

「もう少しよいではないか」

竹姫がねだった。

「初回でございまする。初めての者とあまり長く話しこむのは、身分高きお方のなさることではございませぬ。それに紅さまも、お暇ではございますまい。なにより、これで終わりではないのでございまする」

諭《さと》すように鈴音が注意した。

「わたくしはなにも忙しいわけではございませぬが、本日は野点の道具をお届けにあがりましただけ。お目通りをいただけたことが望外《ぼうがい》の喜びでございまする。また、後日あらためてお邪魔をいたしますれば」

紅は鈴音の意見に添った。身分のある者ほど窮屈《きゅうくつ》なのが、この世の定めである。紅は、側に居る者たちの反感を買うことのないように、気を遣った。

「本当じゃな」

「お声をおかけいただきましたならば、すぐに」

念を押す竹姫へ、紅がうなずいた。

「水城に申せばよいのだな」

「はい」

紅はほほえんだ。

「かならずじゃぞ。まだまだ訊きたいことは一杯あるのだ。夫婦の閨ごととかも教えて欲しい」

竹姫がねだった。

「ね、閨ごとでございますか」

童女《どうじょ》に近い竹姫から聞かされて、紅が驚愕した。

「夫婦なら毎夜するものだと聞いたぞ。あいにく、鹿野も鈴音も夫をもったことがないゆえ、よくわかっておらぬらしい」

竹姫がつまらなそうに言った。竹姫ほどの身分になると、己の身の廻りの世話をしてくれる女中とも直接口をきくことはなかった。中臈などあるていどの格の女中としか交流しないのが普通であった。

また、お末などはこちらから貴人に対し、言葉をかけることは無礼であり、場合によっては処罰されるため、知っていても黙っているのが決まりであった。

つまり、竹姫と話ができるのは、鹿野と鈴音の二人だけであり、二人が知らないことを訊けるのは、紅だけというわけであった。

「次にはかならず」

聡四郎と夫婦になり、閨ごとにも馴れたが、それをあからさまに言えるはずもなかった。

早々に紅は竹姫の前から退散した。

吉宗は老中たちからの報告をいつも以上に熱心に聞き、素早く指示を出し、決裁をおこなった。

「本日の案件はこれにて終わりましてございまする」

御側御用取次加納近江守が、老中を送り出して戻ってきた。

「うむ」

満足そうに吉宗がうなずいた。

「昼餉の用意をいたせ」

「まだ四つ（午前十時ごろ）を過ぎたばかりでございますが」

加納近江守が確認した。

「かまわぬ。昼からの予定に遅れてはならぬ」

「そこまでお楽しみでいらっしゃいまするか」

浮《うわ》ついている吉宗に、加納近江守があきれた。

「粥は茶の湯が好きなだけぞ」

吉宗が言いわけをした。

意外と知られていないが吉宗は茶の湯に造詣《ぞうけい》が深かった。といったところで、真《しん》髄《ずい》にはほど遠い。口さがない者たちに言わせると、まねごとだけだというていどではあったが、心得はあった。

「今から台所へ命じまするので、すぐというわけには参りませぬ」

「わかっておる。だから早めに申したのだ」

加納近江守の言葉に、吉宗が応えた。

台所も役所であった。決まった刻限でないと動かない。町の飯屋のようにいつでも注文に応じられる態勢ではなかった。将軍の命とはいえ、米を炊く準備などはそこから始めるのだ。結局吉宗が昼食を終えたのは、いつもとほとんど変わらなかった。

「役に立たぬ。たとえ飯の用意といえども、戦場では敵の様子次第で、早くなったり遅くなったりする。それに対応できねば、意味がない」

吉宗が不満を口にした。

「そのことは後日に。竹姫さまがお待ちでございまする」

文句を加納近江守が棚上げにした。吉宗の改革はすでに手一杯であった。そこに台所まで含めては、収拾がつかなくなりかねなかった。

「……であったな」

一瞬、気に入らぬとの顔を見せたが、すぐに吉宗は立ちあがった。

「奥へ入る」

「はっ」

中奥小姓が上の御錠口へ先触れに走った。

「お待ち申しておりました」

大奥の庭、その泉水《せんすい》近く、築山《つきやま》を望む景色のよい場所で、竹姫が吉宗を迎えた。

「お招きを感謝する」

吉宗が礼を述べた。

茶会は正客同格、身分の上下はない。

「拙《つたの》うございますが」

謙遜《けんそん》しながらも竹姫が見事な手つきで茶を点てた。

「いただこう」

作法に則《のっと》って吉宗が喫した。

続けて竹姫が茶を点て、鹿野、鈴音が相伴にあずかった。

「では、躬が竹どのの茶を」

正客を入れ替えて、吉宗が茶を点てた。

「けっこうなお手前でございまする」

優雅な姿を竹姫が見せた。

「上様。お目見えをお許しいただきたい者がございまする」

茶会の終わりを竹姫が告げた。

「許す」

将軍に戻って吉宗がうなずいた。

「わたくしの実家から参りました。鈴音でございまする」

竹姫が紹介した。

「お目通りをいただき、かたじけなく存じまする。竹姫さま付き中臈の鈴音でございまする」

鈴音が一度見せつけるように顔をあげてから深く平伏した。

「吉宗じゃ」

席をともにした仲であったが、茶会は世俗《せぞく》と切り離された場所であり、日常に戻れば別の話になる。吉宗は尊大《そんだい》に応じた。

「竹どの、冷えて参った。局へお戻りなされよ」

「はい。ではそのようにさせていただきまする」

立ちあがって見送ろうという吉宗の勧めに、竹姫が同意した。

「本日は楽しませてもらった。礼を言う。また夕餉なとともにいたそう」

「お誘いをお待ちいたしております。鈴音、後片付けを頼みました」

鹿野を連れて、竹姫が去っていった。

「聡《さと》いお方でございまする」

その後ろ姿を見ながら、鈴音が感心した。

「哀れではある。歳相応の快活さというものを持たぬ」

同意しながらも吉宗が辛そうな顔をした。

「さようでございましょうや」

鈴音が首をかしげた。

「あれは演技ぞ。でなくば、そなたと躬を二人で残すことなど思いつくまい」

吉宗が鈴音を見下ろした。

「一条の手の者か」

「はい。一条家家臣原田土佐介の娘にございまする」

あらためて鈴音が名乗った。

「近衛の復権を阻《はば》むためだな」

「ご明察《めいさつ》にございまする」

はっきりと鈴音が認めた。

「ということは、躬と竹姫の仲を取り持つと」

「それは不要でございましょう」

あっさりと鈴音が否定した。

「ほう」

少し吉宗の声が低くなった。

「上様は竹姫さまを、竹姫さまは上様を、お互いに慕《した》っておられる。今さらなんの手助けが要りましょう」

やわらかく鈴音がほほえんだ。

「ふん。ならば、そなたは何の役に立つというのだ」

吉宗が問うた。

「第一に、天英院さまの手を防ぐ」

鈴音が述べた。

「第一ということは、他にもあるのだな」

冷たい声のまま、吉宗が先をうながした。

「第二に……」

一旦言葉をきった鈴音が下から吉宗を見上げた。

「竹姫さまのご用意が整いますまで、上様のお相手をさせていただきまする」

鈴音が言った。

「……大儀《たいぎ》であった。戻る」

返答を与えず、吉宗が立ち去った。

「これでわたくしのことを忘れられまい」

残った鈴音が笑った。

三

吉宗によって大幅に人員を減らされた大奥には使われていない長局がいくつもあった。そのなかでももっとも古く人の入らぬ奥まった局に、数名の女中たちが集まっていた。

「上様が竹姫さまのお誘いに応じられた。天英院さまのお招きには一度もうなずかれていないにもかかわらず」

「竹姫さまの実家から送られてきた女を上様が中臈と認められた。人減らしとは逆のことだ」

女中たちが口々に報告した。

「世津《せつ》さま」

右手の襖際にいた女中が発言を求めた。

「多加《たか》」

奥に座していた女中が認めた。

「姉小路より命じられて上様と竹姫さまの野点を監視していた」

うながされた多加が話し始めた。

「よく気づかれなかったの」

別の女中が確認した。

「うむ。四阿の陰であったゆえな。かろうじて、声も聞こえた。上様と竹姫さまの会話は、さしたるものではなかったが……」

一度多加が言葉を切った。

「……竹姫さまが戻った後に残った中臈と上様の間にかわされた話が……」

多加が語った。

「やはり上様は竹姫さまを御台所とされるおつもりだな」

世津が唸《うな》った。

「将軍家に御台所がないというわけにはいかぬとわかっておるが……」

「まだ幼い竹姫さまというのは、いかがなものか」

女中たちが口々に吉宗を批判した。

「無駄口を叩くな」

厳しく世津が咎めた。

「上様の御台所さまが誰であるというのは、我らの任にとってどうでもいいことなのだ。それこそ赤子《あかご》であろうが、男であろうがな」

「たしかに」

「申しわけなし」

たしなめられた女中たちが詫びた。

「問題は、御台所さまが上様をどう扱われるかなのだ。あくまでも大奥の客人として迎えられるならばよし、主人として膝を屈するならば悪《あ》し」

淡々と世津が述べた。

「今の上様ならば、主人となれる相手しか選ばれまい」

中年の女中が言った。

「滝野《たきの》の言うとおりじゃ」

世津が同意した。

「もし新しい御台所さまが、上様にしたがえば、大奥の地位はなくなる。江戸城の一部となってしまう。今はまだ功績のある月光院さまと敵対している天英院さまがおられるゆえ、上様もなかまでの手出しは遠慮されているが、大奥が落ちれば一気に来られるだろう。知ってのとおり、大奥は多数の女中を失ったため空きが多く出ている。なかには長局丸ごと空き家となったところもある。大奥が上様の手に入れば、まちがいなくこれら建物の破却がおこなわれるはずだ」

空き家というのは維持に手間と金がかかった。

人の住まなくなった家は死ぬ。空気が動かず、淀《よど》むからである。それを防ぐには、毎日窓を開け、風を通してやらなければならなかった。当然、風が入れば埃《ほこり》がでる。埃は放置しておけば水気《みずけ》を吸って固まり、黴《かび》を生む。黴は畳や土壁を侵食し、家を腐らせていく。そうしないためには、こまめに清掃をしなければならない。掃除するには人手が要る。他にも、屋根だの、戸袋《とぶくろ》だの、傷《いた》みやすい箇所の補修も必須である。これらを完璧にするには、費用がかかる。使わないなら、壊してしまったほうが格段に安くつく。

幕政の無駄を省こうと考えている吉宗である。大奥を掌握したならば、最初に不要の建物を壊そうとするのは、予測できていた。

「開《あ》かずの間も空き長局にある。あれを壊させるわけにはゆかぬ。開かずの間は、右衛門佐《うもんのすけ》さまのご遺訓《いくん》である。大奥が無力であったとの証明として、開かずの間は残されねばならぬ。そして二度と同じことを繰り返さぬという決意の場としてもだ」

重い声で世津が言った。

「それで家宣さまが大奥を建て直されたときも、そのままに再建された」

若い多加が訊いた。

六代将軍家宣は、将軍になってすぐ、大奥を全面改築した。間部越前守を総奉行とした普請は七十万両の費用をかけ、女中たちの住む長局を天守台《てんしゅだい》の東へ移すなど、ほぼ新築に近い大規模なものであった。

「そうじゃ。大奥開かずの間の秘事を家宣さまはご存じであった。いや、右衛門佐さまがお報せした。ゆえに、家宣さまは、その意義を理解され、畳や襖の一枚まで替えることなく開かずの間を残された」

世津がうなずいた。

開かずの間とは、大奥のほぼ中央にあり、上段の間と下段の間からなっていた。正式には宇治《うじ》の間と呼ばれ、襖には都の町並みが絵として描かれており、京から江戸へ来た御台所の居室控えとして使われたこともある由緒ある部屋であった。

「開かずの間の意義。それは大奥の戒《いまし》め。いや、女の戒め。女は男を意のままにしたがる。その結果が開かずの間を生んだ。多加は開かずの間ができた由縁《ゆえん》を知っておるな」

「前任者より一応は。ですが、詳細までは……」

尋ねられた多加が、自信なさげに首を振った。

「ふむ。それはよくないな。人はいずれ老いて死んでいく。事実を知る者もいつかはいなくなる。証人がいなくなるのは、ときの定め。だが、正しく伝えていけば、教訓は永遠に残る。もし、伝承が途絶《とだ》えれば、教訓は意味のないものとなり、犠牲となった者は無駄死ににになる。開かずの間を守るとは、ものを維持するだけでなく、教訓を後世《こうせい》に伝えることとなのだ」

ゆっくりと世津が一同を見た。

「このなかで、あのことを知っている者は、わたくしと滝野、伊与《いよ》、佐和《さわ》の四人。あとは先代から引き継いだ者となった。ここで今一度確認しておくのも要りようか」

「だの。わたくしももう四十歳をこえた。いつまでも女番衆《めばんしゅう》ではおられぬ」

滝野が告げた。

「誰もおらぬか、廊下を確認いたせ」

世津の命で、周囲の警戒がおこなわれた。天井裏、床下まで見る念の入れようであった。

「異常ないか。では、話をしよう。ことは五代将軍綱吉公の御世《みよ》だ。生類憐《しょうるいあわ》れみの令があった。知っておるな」

「はい」

多加が首肯した。

「稀代の悪法である生類憐れみの令が、大奥発祥《はっしょう》だとは」

「存じません」

今度の質問に多加が否定した。

「もとは綱吉さまにお子さまがいなかったことに始まる。将軍になられる前、綱吉さまには徳松《とくまつ》さま、鶴姫《つるひめ》さまのお二人がおられた。しかし、将軍となられてすぐに徳松さまが亡くなられ、紀州家へ嫁がれた鶴姫さまもその後死去された。血を分けた子供たちの死に綱吉さまは呆然《ぼうぜん》とされた。しかし、それ以上に嘆かれたのが、綱吉さまのご母堂《ぼどう》である桂昌院《けいしょういん》さまであった。桂昌院さまは、綱吉さまのお子さまが亡くなったことと、それ以降お血筋《ちすじ》がおできにならぬことを、祟《たた》りだと思われた」

「祟り……桂昌院さまには、なにか祟られるお心あたりでも……」

「それについては、訊くな」

多加の口を世津が封じた。

「……はい」

叱られた多加がうなだれた。

「いずれそなたが女番衆の頭となるとき、教えてやる。さて、祟りがあればどうする。人の手のおよばぬものだから祟りという。ならば、神仏《しんぶつ》に頼るしかない。桂昌院さまは仏にすがられた。仏の教えは不殺生《ふせっしょう》だ。人も獣も殺してはならぬ。相談を受けた坊主は、綱吉さまの前世《ぜんせ》が狩人《かりゅうど》で、殺生戒を破った報いが、今生《こんじょう》での子孫断絶に繋がっていると言った」

「馬鹿なことを」

多加があきれた。

「殺生戒を破り、罪を受けるようなお方が、将軍という至高《しこう》の座に就けようはずもなかろうに」

「うむ。だが、桂昌院さまは藁にもすがる思いであられた。桂昌院さまは京の出で な、家光さまの側室となるために江戸へ下向された。そして家光さまの子をお産みになった。ただ、すでに家光さまには嫡子家綱さまがおられた。綱吉さまは将軍にならず、分家となった。その分家が家綱さまに子がなかったお陰で将軍の座に就いた。ならば、子々孫々までその身分でいたいと思われるのも当然。将軍の座は一度離せば、二度と手に戻すことはできない。なんとしてでも桂昌院さまは、吾が血筋で継承したいと考えた。そこへ祟りの話だ。言われるままに桂昌院さまは、殺生を戒めるよう綱吉さまへ告げられた。親孝行であった綱吉さまは、諾々《だくだく》としたがわれた。それが生類憐れみの令だ」

「…………」

黙って多加が聞き入った。

「生類を憐れみ慈《いつく》しむ。当たり前のことである。わざわざ法とする意味もないほどな。だが、法となってしまえば、罰が生まれる。そしてできてしまった法は、当初の枠をこえて拡がっていく。野良犬《のらいぬ》に嚙まれたからと叩いた町民が遠島《えんとう》となったり、頰に止まった蚊《か》を叩いた旗本が流罪《るざい》にされたり、病気の子供の養生《ようじよう》になると燕《つばめ》の生き肝を取った旗本は改易《かいえき》された。こうして生類憐れみの令は、世俗を混乱の極みへと落とす悪法となった。それを御台所鷹司信子さまは、いたく後悔された」

「信子さまが……かかわりのないことでございましょうに」

「直接はな」

「……直接」

口ごもるような言いかたをする世津へ、多加が妙な顔をした。

「六代さまはな、京の女が産まねばならなかったのだ」

「えっ。まさか……」

多加の顔色がなくなった。

「桂昌院さまは、京の出じゃ。二条関白家の家宰《かさい》北大路《きたおおじ》宗正の娘。その娘が産んだのが綱吉さまじゃ。長く朝廷の血を将軍家にと願っていた者たちにとって、綱吉さまは初めての公武合体《こうぶがったい》であった。事実、大名たちにはあれほど厳しかった綱吉さまだったが朝廷にはお優しかった。となれば、次代もそうあって欲しいと考えるのは当然。だが、綱吉さまには、将軍となる前に側室お伝《でん》の方との間にできた世継ぎがおられた。だが、お伝の方は江戸者じゃ。京の血は一滴も引いておらぬ。しかもお伝の方さまは、身分の低い出。己の身内たちを引きあげることに必死で、京のことなど一《いっ》がりが薄れる」

顧《こ》だにしない。その子が六代将軍となれば、ようやくできた朝廷と将軍の血のつながりが薄れる」

「………………」

大きな音を立てて多加が唾《つば》を呑んだ。

「そうさせぬため、お伝の方の子供は……」

「……なんということを」

多加が涙を流した。

「もちろん、これらは信子さまの知らぬところでおこなわれた。そして京から綱吉さまの興味を引くような美女、賢き女が大奥へ送られた。そう、新たな側室となり、子をなすために。だが、徳松さまの祟りか、誰一人懐妊さえしなかった。そして生類憐れみの令が猛威を振るった。庶民の怨嗟《えんさ》の声はやがて大奥にも届く。大奥におるお末どもは、庶民だからな。城下のことを持ちこんでくる。やがて真実が信子さまの耳に届いた。信子さまは激しく嘆かれた」

「世津さまは、信子さまの」

「お側《そば》に仕えていた。もっとも端女《はしため》であったがな。だからこそ間近で見ていたのだ。信子さまの苦吟《くぎん》をな。苦しまれたあげく、信子さまは、大奥のことはすべて御台所の責であると仰せられ……」

世津も泣いた。

「京の目を覚まし、悪法を終わらせる唯一の手立てを取られた」

「綱吉さまを……」

「そうじゃ。宇治の間で上様を懐刀《ふところがたな》で刺し、害された。将軍が大奥でしかも御台所によって殺されるなど、表沙汰にできるわけもなし。裏の事情まで知られては、朝廷も無事ではすまぬ。信子さまは後始末に奔走《ほんそう》され、綱吉さまの葬儀が終わり、世の落ち着くのを待たれ、一月後に自害された」

「よく家宣さまが、それを許されましたな」

多加が不思議だと言った。京が原因だとわかれば、まちがっても吾が子家継の正室に皇女《こうじょ》をもらうなど考えもしないはずであった。

「信子さまがお語りになったのは、生類憐れみの令のことだけじゃ。徳松さまのことは口にされておらぬ。でなければ、いかに生母と一緒であるとはいえ、家継さまを大奥へ入れられはすまい。家宣さまは、信子さまの決意と功績を讃《たた》え、伝え残すために開かずの間を保護された。もし、家宣さまの御世がもうあと十年続けば、家継さまに事情は受け継がれ、開かずの間の伝承は美談とはいわぬが、大奥にとって差《さ》し障《さわ》りのないものとなっていたはずじゃ」

嘆息《たんそく》しながら世津が語った。

「では、家宣さまは、開かずの間の真実をご存じではない」

「うむ」

世津が多加の言葉を肯定した。

「ならば、開かずの間などなくしてしまえばよろしゅうございましょう。なくなれば、隠すことも不要になりまする」

多加が言った。

「信子さまのご遺言じゃ。二度と大奥が世継ぎさまを害するなどという愚かなことを繰り返さぬように、教訓として開かずの間を残すようにとな。そしてそれを大奥総取締り役の右衛門佐さまはお引き受けになられた」

最後の説明を世津がした。

「あらためてお話をうかがい、震えましてございまする」

肩を抱くようにして多加が述べた。

「わかったか。なぜ、開かずの間が寸分違わず残され、そして秘されなければならないのか」

「はい。ただ、もう一つ疑問がございまする」

「なんじゃ」

世津が多加の質問を受けた。

「なぜ、家宣さまのときと同様、吉宗さまにも偽りの事情をお話しされぬのでございまするか。家宣さまより吉宗さまのほうが、お若く、当時の事情にもお暗いはず。無礼を承知で申しあげまするが、お騙《だま》しするのは容易だと存じまする」

「あのお方は猜疑心《さいぎしん》の塊じゃ。大奥で御台所が将軍を刺殺する。その裏が生類憐みの令だけだと信じるはずなどない。それで騙せるようなお方なら、御庭之者など創《つく》るまい。御庭之者を設けたのは、伊賀者が信用できぬと考えたからであろう。そのお方が、我らの言葉をそのまま信じると思うか。少なくとも御庭之者に調べはさせよう。そして事情が明らかになったならば……」

最後まで世津は言わなかった。

「大奥は潰され、朝幕の関係は壊れる」

多加が続けた。

「戦となるぞ。ふたたび天下は徳川にしたがう者と朝廷につく者でな。そして戦いは朝廷の負けで終わる。朝廷は戦から離れすぎた。戦い方さえ知らぬ。敗者は勝者の意のままとなるしかない。譲位だけですめばよいが、今上帝の身にも……」

それ以上は口にできることではなかった。

「…………」

世津の話に多加が声を失った。

「わかったであろう。どうしても開かずの間を守らねばならぬ。そのためには、大奥は将軍の支配を受けてはいかぬのだ」

「では、わたくしたちは竹姫さまと上様の仲を……」

「単純に潰すというわけにはいかぬ。外から御台所を迎えられてはかえって面倒《めんどう》ゆえな」

「どういたせば」

多加が世津へ訊いた。

「竹姫さまを取りこむ。あの方も京の生まれ。朝幕の戦いは望んでおられまい。あの方を大奥女番衆の頭とする。さすれば、開かずの間の秘密は保たれよう」

「十三歳の姫に、そのような重責を」

世津の策に、多加が驚愕した。

「しかたあるまい。上様に見こまれたあの方が不運だったのだ」

冷たく世津が断じた。

四

館林松平家江戸家老山城帯刀は、藩主松平清武のもとへ来ていた。

「何度申しても、同じぞ。余は天下《てんか》など欲しくない」

清武が首を振った。

「武士ならば天下を望むのは当然でございましょう」

帯刀が言い返した。

「…………」

真理である。清武が黙った。

「しかし、天下というのは天運《てんうん》を持たぬ者には近づきさえいたしませぬ」

「天運だと」

清武が聞き返した。

「さようでございまする。天下の変遷《へんせん》を思い出してくださいませ。乱世を乗りきって天下人《てんかびと》になられたのは、二人。豊臣秀吉公と、神君家康さま」

「織田信長公もであろう」

一人足りぬと清武が口をはさんだ。

「いいえ。信長公は天下人ではございませぬ。天下人になられる前に、明智光秀《あけちみつひで》の謀叛に遭い、亡くなられておられまする」

帯刀が否定した。

「しかし、信長公がおられればこそ、秀吉公も、家康さまも天下の主となられたのではないか」

清武が言いつのった。

「はい。ですが、それは天下人ではございませぬ。信長公は、天下人を作るための道案内でしかなかったのでございまする。信長公が開かれた天下への道を、最後まで通されたのが秀吉公。そして秀吉公から天下を譲られたのが家康さま。秀吉公には信長公が、家康さまには秀吉公が要ったのでございまする。つまりは踏み台」

しみとおらせるように、ゆっくりと帯刀が語った。

「上様が余の踏み台だと言うか」

すぐに清武がさとった。

「ご明察でございまする。上様は殿を真の天下人とするための踏み台でしかございませぬ」

「幕政を建て直すだけで、用済みだと」

清武は帯刀がなにを言いたいのか理解していた。

覇気《はき》のない凡庸《ぼんよう》な人物だと思われているが、清武ほど苦労した大名はそうはいなかった。かろうじて水戸徳川家二代光圀《みつくに》が比肩《ひけん》するていどである。いや、吉宗もそうだ。吉宗と光圀、清武は生母の身分が低かったため、当初父親から認知されることなく、家臣の家へ預けられた。家臣といっても家老などの高禄の者ではなく、そう裕福な家ではないため、贅沢《ぜいたく》などはできず、かしずいてくれる家臣もいない。

代わりに市井の者たちとの触れあいが当たり前であった。

世間の物価も、人々の生活も目《ま》の当たりにしてきた。生まれたときから御殿の奥で育ち、成人して藩主となった者たちとは大きく違っていた。

「今の幕政が正しいとお考えでございまするか」

「…………」

返答をしないことが、肯定していた。清武の返事を求めず、帯刀が続けた。

「五代将軍綱吉さまの政で、幕府は乱れました。家宣さまが糺《ただ》されようといたしましたが、御寿命が尽き、家継さまは幼くして亡くなられた。三代にわたって幕政の混乱は治まらず、続いてしまったのでございまする」

「残念なことだがな」

清武も認めた。

「老中たちは己の権にしがみつき、万民《ばんみん》のことなど考えておりませぬ。庶民は庶民で、金に固執《こしつ》し、人としての有《あ》り様《よう》を見失ってしまっております。いわば、今は我欲《がよく》が支配する世。これをあり得べき姿に戻すには、一度世を壊さなければなりませぬ。そのためには強権《きょうけん》を振るうだけの力を持った者が登場せねばなりませぬ」

「それが上様、吉宗公であると」

「さようでございまする」

強く帯刀が首肯した。

「吉宗さまは信長公……」

呟くように清武が口にした。

「……………」

黙って帯刀が清武を見つめた。

「従来の慣習を破壊する者は憎まれまする。それが悪癖を持った者であっても、憎しみをぶつけられてはいけませぬ。天下人は清廉潔白《せいれんけっぱく》でなければならないのでございまする」

「清廉潔白だと。神君家康さまが、どうやって天下人になられたと思っているのだ。主家であった豊臣家を滅ぼして奪い取ったのだぞ」

鼻先で清武が笑った。

「だから家康さまはたった三年で将軍を秀忠さまへお譲りになられました」

帯刀が述べた。

「家康さまは、豊臣家の憎しみを一身に受けて、将軍の座を降りられたのでございまする。あのまま死ぬまで将軍を続けておられれば、恨みは徳川という家につきましょう。それを防ぐために、家康さまは将軍の座を譲られた。秀忠さまには、恨みがついておりませぬ」

「関ヶ原か」

今度は清武が驚愕した。

「戦いに遅れたのは……関ヶ原で滅ぶ大名たちの恨みを避けるためだというのか」

二代将軍となった秀忠は、天下分け目の戦いである関ヶ原の合戦に間に合わないという失態をおかしていた。三万八千の軍勢を率いて東山道を進んでいた秀忠は、真田昌幸《さなだまさゆき》の上田城《うえだじょう》になぜか固執した。何度も攻撃したが落とせず、結局見張りの兵を置いてあきらめたが、この日数を取り返せず、天下分け目の場所にいないという武将としての恥を秀忠はかいた。

当初、失態を演じた秀忠に怒った家康だったが、三日ほどで勘気《かんき》を解き、徳川家の跡継ぎから排することなく、将軍位を譲った。

「ううむう」

帯刀の話に、清武が唸った。

「偶然でございましょうが、上様は家康さまの再来と言われておられまする。ならば、秀忠さまの再来は……」

「余だと」

「はい」

大きく帯刀が首を縦に振った。

「天下を望まなかった腑《ふ》抜《ぬ》けという悪評も……」

「みっともない継承争いから潔く身を退いたと取るべきでございましょう」

詭弁《きべん》を帯刀が弄《ろう》した。

「汚れ役は上様にお任せいたしましょう。いえ、もう十分かも知れませぬ。上様のなされることは、あまりに厳しい。倹約を命じられ、商人たちはものが売れず、困窮いたしておりまする」

「ものが売れねば、生産する百姓や職人も金が入らぬな」

家臣の手で育てられた清武は、世の仕組みを知っていた。

「専横《せんおう》なお振る舞いで政を動かされますので、振り回される老中たちも戸惑っておりまする。また、急激な締め付けで大奥も身動きが取れぬとか。上様への怨嗟《えんさ》の声は日に日に高まっておりまする。このままでは、上様だけでなく幕府へと恨みが向かいまする。それは防がねばなりませぬ。徳川の世を守るのは、その血を受け継ぐ方の使命」

「余の使命……」

清武が繰り返した。

「どうぞ、ご決断のほどを」

帯刀が主君を促した。

「しばし、猶予《ゆうよ》をくれ」

「承知いたしました。正しいご決断を心より願いまする」

深く帯刀が平伏した。

清武の前から下がった帯刀は、与えられている上屋敷の長屋ではなく、市井に買い求めた屋敷へと帰った。

各藩の重職の間で、市中に別屋敷を持つのが流行していた。

「お帰りなさいませ」

別屋敷のいっさいを任せてある用人が出迎えた。

とある旗本から譲り受けた別屋敷は、上屋敷にある長屋より広い。また調度品《ちょうどひん》なども贅沢なものでそろえてあった。

「竜《たつ》はどうしておる」

最近抱えた妾《めかけ》のことを帯刀が問うた。

「のちほどお目通りいたしまする。それよりも殿」

用人が女の話を遮断《しゃだん》した。

「なんじゃ。今日は殿の説得で疲れておる。来客なら今度にしてもらえ」

うるさそうに帯刀が手を振った。

「野尻が参っております る」

「……庭へ通せ」

一瞬で帯刀の表情が引き締まった。

「お疲れのところ、畏れ入りまする」

町人の姿となった野尻力太郎が庭先で平伏した。

「なにかあったのか」

縁側へ立ったまま、帯刀が訊いた。

「本日……」

五菜の太郎こと力太郎が語った。

「吉宗が大奥へはいったと。竹姫さまから野点の誘いがあった」

聞いた帯刀が思案した。

「お方さまからはなにか」

「なにも」

問われた太郎が首を振った。

「大奥であったことをお方さまがご存じないはずはない。となれば、さしたる意味がないとお考えなのだな」

一人帯刀が完結した。

「これをお方さまへ」

帯刀が用人から切り餅を受け取り、太郎の手に渡した。

「お預かりいたしまする」

切り餅を手に太郎が一礼した。

「ご家老さま……」

太郎がもの言いたげに帯刀を見あげた。

「わかっておる。そなたの家族たちは元気じゃ」

面倒くさそうに帯刀が言った。

「よしなにお願いを申しあげまする」

手をついて太郎が願った。


翌日、預かった金を届けるために姉小路と庭で太郎は会っていた。

「野点のことか。お方さまのお耳には入れておらぬ。上様のお名前を聞かれるとご機嫌が傾《かぶ》かれるのでな」

姉小路が苦笑した。

「一応お耳に入れておいたほうがよろしいのではございませぬか。どこからか聞こえてくるやも知れませせぬ」

太郎が勧めた。

「そうじゃな。一応皆にしゃべるなとは命じたが、お末などは口さがのないものだ」

少し考えた姉小路がうなずいた。

「それより、この品物は手に入らぬか」

姉小路が懐から書付を差し出した。

「拝見……すべては難しいかも知れませぬ」

読んだ太郎が答えた。

「できるだけでよい。任せた」

言いつけて姉小路が去っていった。

「いい気なものだ。代金は館林藩もちだからな」

残された太郎が吐き捨てた。

本来五菜が命じられる買いものは、先払いが原則であった。当然である。大奥女中の求めるものは高価なものが多い。いかに余得があるとはいえ、五菜では出しかねる。それを姉小路は、金を見せることもなかった。

「お方さまは館林藩を、ご家老は殿を。そして女中たちはお方さまの名前を利用する。使われるのは、吾だけ」

太郎が苦渋《くじゅう》の表情を浮かべた。

「走狗《そうく》となるのは、吾だけでいい。子や孫まで道具となるのはいやだ。そのためには、なんでもしてくれる」

肚《はら》をくくった声で、太郎が独りごちた。

五

局に戻った姉小路は、天英院へ報告した。

「吉宗が、竹の呼び出しに応じただと。では、やはり実家からの話は本当であったか」

天英院が口の端をゆがめた。

「ご実家から……吉宗が竹姫を御台所にという」

「そうじゃ」

姉小路の問いかけに、天英院が首肯した。

「まさか本当だとはの。竹は今年で何歳《いくつ》になった」

「たしか十三歳になられたはずで」

訊かれた姉小路が数えた。

「まだ月のものも来ておるまい。乳さえ膨らんでおらぬあの身体では。そのような女でもない子供に、吉宗が劣情を抱くなど、いかに父の話とはいえあり得ぬと思っていたが……」

天英院が眉《まゆ》をひそめた。

「いかがいたしましょう」

「じゃまをせねばなるまい」

尋ねる姉小路へ、天英院が言った。

「あらたな御台所の誕生は、妾が大奥の主人の座を奪われることである。それは許さぬ」

天英院が怒った。

「竹を大奥から追い出せ」

「それはいかがなものでございましょう」

姉小路が首をかしげた。

「なぜじゃ」

反対する腹心へ天英院が気色ばんだ。

「大奥にいればこそ、目も届きまする。外に出してしまえば、いつ上様が通われようともわかりませぬ。それこそ、今日から御台所であるといきなり帰ってくることも考えられまする」

「う……」

天英院が詰まった。

「それに大奥なればこそ、上様に枠をはめ、自在に動けぬようにできまする」

「黙って枠にはまるような輩か、あやつが」

嫌そうに天英院が否定した。

「お気づきではございませぬか。上様はお忌日《いみび》に大奥へ入られておりませぬ」

「…………」

天英院が黙った。

忌日とは、歴代将軍の命日のことだ。徳川家康の十七日を始め、秀忠の二十四日などは、精進潔斎日とされ、将軍といえども大奥へ行くことはできなかった。

「男というのは、愚かな生きものでございまする。気に入った女ができれば、毎日でも抱きたい。竹姫を大奥から出せば、上様が連日通われることとなりまする。回を重ねれば、情も深くなりましょう。好きな女を手近に置きたくなるのも道理。上様の女は大奥へ入るのが決まり。その大奥からお方さまによって竹姫は追い出された。そう知ったとき、上様はどうなさいますでしょう」

脅かすように姉小路が言った。

「妾が追い出される」

「おそらく」

姉小路が肯定した。

「ではどうすればいい」

「ご実家へ手助けをお頼みなさいませ」

「実家へか。なにを頼めというのだ」

天英院が首をかしげた。

「女を一人。すでに故人となっている上様の正室も都の出、竹姫も生まれは京でございまする。どうやら吉宗は都の女を好むようでございまする」

「あらたな側室を差し出せと申すのか」

不満を天英院が露わにした。

側室を差し出す。これは、相手に媚《こ》びを売ることである。戦国の世、秀吉の征伐《せいばつ》を受けた九州の秋月《あきづき》や近江の京極《きょうごく》など、姉や妹を側室に差し出して生き延びた例をあげるまでもなく、降伏《こうふく》の証であった。

「いえ。側室ではございませぬ」

ゆっくりと姉小路が首を振った。

「あらたな正室、御台所をあてがってやるのでございまする」

姉小路が述べた。

「妾のかかわりある女を吉宗が正室に迎えるわけはなかろう。そうでなくとも竹姫という想い女がおるのだぞ」

馬鹿を言うなと天英院が否定した。

「断れないようにいたせばすみましょう」

「……断れない」

天英院が首をかしげた。

「今上さまから勅命《ちょくめい》を出していただきまする」

「勅命……」

さすがの天英院が絶句した。

天皇が出す命は勅といわれ、この国に住む者ならば拒むことは許されなかった。

「拒めば将軍を辞めなければなりますまい」

形だけとはいえ、将軍は天皇が任じる。つまり天皇が主君であり、将軍が家臣なのだ。主君の命をきかぬ家臣がどうなるかなど、自明《じめい》の理《り》である。

「この国を任せる将軍は、妻を娶《めと》り子をなすべしとの勅令があれば、上様は断れませぬ。そして、京から近衛家に近い姫を降嫁《こうか》させれば……」

「なるほど。新しい御台所として竹が入る前に、妾の息のかかった者を御台所として押しつけるというわけだな」

天英院の顔色が明るくなった。

「妾がその者を養女としておけば、その者をつうじて大奥を支配できる。いや、うまくいけば、吉宗に膝を屈させることも……」

「それはいかがなものかと。形だけの夫婦でよいのでございまする。仲良くなられては困りましょう。新しい御台所さまが、上様側へつかれては意味がなくなりまする。女は男次第で変わるもの」

欲をかきすぎるなと姉小路が天英院を諫《いさ》めた。

「そうだの。吉宗を飼い慣らすのは無理じゃ。餓狼《がろう》のごとき下品な男など、妾には要らぬ」

天英院が納得した。

「ご採用くださいまするか」

「うむ。早速実家へ手配を頼むとしよう」

乗り気な顔で、天英院が告げた。

「ただ、問題は金でございまする」

「……金か」

一気に天英院の顔が渋くなった。

先々代将軍の御台所として、天英院の生活は幕府が担っている。家臣ではないため、禄という形ではなく、御用金《ごようきん》として処理されていた。これはつごうが悪かった。何に遣うからいくら出せというのが、御用金である。いくら渡すから勝手に遣えではないのだ。金が要るとなれば、その明細を勘定奉行へ報せなければならなかった。そこにまさか朝廷へ撒《ま》く金をと書くことなどできようはずもない。

「勅命となれば、それ相応の額が要りまする。近衛家以外の五摂家に知られないよう、ひそかに、邪魔が入らぬうちに素早く決めねばなりませぬ。そのためにも金は多いほどよいかと」

「妾に金などないぞ」

天英院が首を振った。

「わかっておりまする」

姉小路がうなずいた。

「どれほどかかるかの」

「まずは千両、できれば二千両。金さえあれば五摂家でも味方にできまする」

京の公家の困窮は、五摂家といえども同じであった。

「二千両か。大金じゃな」

大きく天英院が嘆息した。

「お方さま、ご相談が」

「申せ」

天英院が姉小路を見た。

「しばらくお手元の不如意《ふにょい》をご辛抱くださいませ」

「それくらいはよいが、どうするというのだ」

「この使者、山城帯刀に任せようと思いまする」

「館林にか。たしかに大名ならば二千両くらい出せよう。わかった。新しい御台所が決まるまで、新しい着物も小間物も辛抱いたす」

案を天英院が呑んだ。

「金のことだけではございませぬ。この度のことが知られれば、一条家が黙っておりますまい。きっと使者が京へ着くのを防ごうとするはず。それに対抗するには、力が要ります る」

「よく気がついたの。すべてはそなたに任せる」

天英院が褒めた。

「では、あの五菜に話をして参りまする」

姉小路が天英院のもとから下がった。

「悪いの。手を組むと言ったが、どうやら妾のほうが、一枚上手《うわて》のようじゃ。二千両の半分は妾のものに……」

ほくそ笑みながら姉小路が独りごちた。

数日後、野点を終えた吉宗に聡四郎は呼び出された。いつものように将軍御座所近くの庭で、聡四郎は吉宗の前に片膝をついた。

「竹になにか礼をしたい。届けよ」

「よろしいのでございまするか。上様が竹姫さまをお気にかけておられる。その噂が大奥で立ちまする」

吉宗の命に、聡四郎が問うた。

京へ行かされる前、聡四郎は吉宗から竹姫のことは密かに進めるよう指示を受けていた。

「やはり公家雀《すずめ》どもに知られていたわ。先日、竹から紹介された鈴音とか申す女。一条家より躬と竹の婚姻をなすために来たと嘯《うそぶ》きおったわ」

あきれた顔で言う吉宗に、聡四郎は頭《こうべ》を垂れるしかなかった。

「まったく。なんのために紅をくれてやったと思っておる。嫁をもらうことで、己一人ではない生活を知り、少しでも世間というものを見られるようにと思ったゆえぞ。それが、まったく身についておらぬでは、話にならぬぞ」

吉宗が叱責した。

「…………」

返す言葉を聡四郎はもっていなかった。

「それにの」

叱った声よりも冷たい声の吉宗が、続けた。

「鈴音が、躬と竹の婚姻をじゃまする者を排除すると宣したのでな、その力を見せてもらおうと思う」

「竹姫さまに危険が及びませぬか」

聡四郎は危惧した。

倹約令の締め付けをもっともきつく受け止めている大奥は、そのほとんどが吉宗を嫌っている。そんななかで竹姫を吉宗が気に入っているなどと報せるのは、攻撃の目標を与えるに等しい。

「竹の身に直接なにかできると思うか」

酷薄な笑いを吉宗が浮かべた。

「……愚か者はどこにもおりましょう」

天英院やそのお付きでも中臈以上の女中は吉宗のことをよく理解している。だが、身分が低く吉宗と会話をしたこともない女中たちは、吉宗の恐ろしさを知らない。主の機嫌を取ろうと跳ね返る者がいないとはかぎらなかった。

「それを抑えるのも主の任。仕えられるだけで、いや、生まれがよかっただけで、主君となれるわけではない。聡四郎、主君というのは最後に責を負う者なのだ。乱世、星の数ほど籠城《ろうじょう》戦が繰り広げられた。籠城は援軍が来る、あるいは攻め手が引く。どちらかがないかぎり、籠もった側の負けだ。いかに意気軒昂《いきけんこう》でも、食いものや水がなくなれば戦いはできぬ。となれば、城を開いて降伏せざるを得ない。そのとき、城将は己の首と引き替えに兵の助命を乞《こ》う。それが主君というものだ」

「では……」

聡四郎は息を呑んだ。

「馬鹿が一人出れば、主に責をとってもらう。大奥の主というならば、その安寧《あんねい》は天英院の任である。できなければ、主とは言えぬ。主でないならば大奥にいる意味はない」

はっきりと吉宗が断じた。

吉宗は、誰かが竹姫に危害を加えたならば、どういう結果であろうが天英院を放《ほう》逐《ちく》すると宣したのであった。

「わかったならば、行け」

「お礼の品と言われましてもなにを……」

「それくらい己で考えろ。そうだな、怒らせた紅の機嫌を取ると思え」

言い捨てて吉宗が離れていった。

上様御用で出ると御広敷用人の肝煎り格小出半太夫へ告げて、聡四郎は城下へ向かった。

「紅の機嫌をか」

怒らせた経験なら、覚えきれないくらいあった。だが、もので機嫌を取り結んだことはない。人足たちとともに生きてきたためか、紅はあっさりとしている。怒らせたところで、誠心誠意詫びれば、許してくれる。

「そういえば、紅にものをやったことなど一度しかないな」

まだ婚姻を結ぶ前、とある商人から勧められ、櫛《くし》を贈った。それが最初で最後であった。

武家は女ものを手にしないのが、常識であった。昨今、武士の矜持《きようじ》が落ち、かつての誇りもなくなってきている。なかには、吉原《よしわら》や遊廓《ゆうかく》でもてると、男のくせに口紅をつけたり、女物の小袖を身にまとう者も出てきていたが、聡四郎にはできなかった。

「わからぬときは、訊くにかぎる」

聡四郎は目に付いた小間物屋の暖簾《のれん》をくぐった。

「めずらしいこともある」

袖が独りごちた。

大奥へ入った女忍二人を除いた袖と弥曾は、聡四郎と大宮玄馬の後をつけるという毎日を送っていた。担当は毎日交代した。同じ者だと変わった動きをしたときに気付きやすいという利点を持つが、日を重ねると慣れが生じてしまう。ああ、また同じ一日だったと思うだけで、油断ができる。

今日は袖が聡四郎を担当していた。

「必殺ならば、仕留めてよし」

これは四人で決めたことであった。大奥の澪も孝も聡四郎の隙があれば襲う。同様に、袖も弥曾も聡四郎と大宮玄馬を付け狙っていた。

「小間物屋へ一人で入るなど……」

首をかしげながら、袖も続いた。

櫛や笄《こうがい》、鏡、白粉《おしろい》などを扱う小間物屋に女が入るのは当たり前である。袖は堂々と店へ足を踏み入れた。

「いらっしゃいまし」

すぐに若い手代《てだい》が近づいてきた。

「櫛を見せてくださいな」

袖が言った。

「どうぞ、こちらへおかけになってお待ちくださりませ」

上がり框《かまち》を勧めて、手代が櫛の入った箱を取りに離れた。

店の商品を眺めるように、袖はあたりを見回し、聡四郎を目のなかへ納めた。

「贈りものでございまするか」

店の主らしい中年の商人と聡四郎が話していた。

「うむ。女人の喜びそうなものを頼みたい」

「好意を持っている殿方からの贈りものならば、どのようなものでも喜ばれまするが」

商人が笑いながら言った。

「そういうものなのか」

「逆に、嫌いな男からのものでしたら、百両する簪《かんざし》でも欲しがりませぬ」

「金の多寡《たか》ではないと」

「さようでございまする」

「主、この店の自慢の品を見せてくれ」

聡四郎が頼んだ。

「はい。番頭さん」

首肯した主が、後ろに控えていた番頭へ命じた。

「お待たせをいたしました」

そこに手代が紬のところへ櫛を持って帰って来た。

「これは柘植《つげ》の櫛でしょうか」

「はい」

櫛を手にして紬が訊いた。

「どれもよくて迷いまする」

紬が悩む振りをした。

女が小間物を見て、迷わぬはずはなかった。紬は櫛を取り替えては髪に挿《さ》して、鏡へ映してみた。

「これはおいくら」

あまり飾り気のないものを紬が選んだ。

「それは二朱《しゅ》と百文《もん》でございまする」

手代が答えた。二朱は相場によって変化するが、おおむね五百文、あわせて六百文である。人足の日当が二百五十文ほどなのを考えれば、そう安いものではない。

「では、これと……あと笄も見せていただけますか」

紬が注文した。

「しばしお待ちを」

ふたたび手代が離れた。

袖は耳をそばだてた。

「では、鏡などいかがでございましょう。会津塗《あいづぬり》のよいものがございまする。櫛や笄などを仕舞える小物入れもついておりまする。鏡も京の有名な職人が磨きましたもので、まことに綺麗な」

「それでいい。もっともいいものを一つと、少し安いのを一つもらおう」

「ありがとうございまする」

店主が腰を折った。

「いいものは、持って帰る。もう一つは屋敷へ届けてくれ。本郷御弓町の水城まで頼む」

「はい」

すぐに店主が用意を始めた。

「笄は……」

「ごめんなさいね。行かなきゃいけないところを思い出したから、この櫛だけいただきます」

袖が金を置いて店を出た。

伊賀を出るときにあるていどの金を郷の頭から預けられていたが、無駄に遣えるほどはない。かといって、なにも買わずに出るには、手代と話しすぎていた。また、小間物屋など女相手の商売人は、顔を覚えるのも商売のうちである。商売人というのは、長く店にいて買って帰った客より、買わずに出て行った客を覚えていることが多い。

「ありがとうございました」

手代の声を聞きながら、袖は小間物屋を離れた。


「お供を」

少ししてから、店の小僧に鏡を持たせた聡四郎が主に見送られて出てきた。

聡四郎が小僧を促して、歩き出した。

「あちらは城だな。鏡を持たせて……大奥ということは竹姫か」

袖はすぐに読んだ。

「鏡は大奥で雑用を担うお末に渡されるはず。これぞ、好機」

大奥で御広敷用人を殺せば、澪も孝も無事で生きて出られるはずもない。成功は仲間の死であった。生き残った袖は郷へ仔細《しさい》を報告するため、生きて帰らなければならなかった。

「辛い」

江戸城へ向かう聡四郎をつけながら、袖がつぶやいた。

図版・表作成参考資料

『江戸城をよむ——大奥　中奥　表向』（原書房）

光文社文庫

文庫書下ろし／長編時代小説
小袖《こそで》の陰《かげ》　御広敷用人《おひろしきようにん》　大奥記録《おおおくきろく》(三)
著者　上田秀人《うえだひでと》

2013年1月20日　初版1刷発行
2025年3月5日　13刷発行

発行者　三宅貴久
印刷　大日本印刷
製本　大日本印刷

発行所　株式会社　光文社
〒112-8011　東京都文京区音羽1-16-6
電話　(03)5395-8149　編集部
8116　書籍販売部
8125　制作部

ISBN978-4-334-76528-6　Printed in Japan

組版　萩原印刷